光文社文庫

文庫書下ろし

E_7
しおさい楽器店ストーリー

喜多嶋 隆

光 文 社

この作品は光文社文庫のために書下ろされました。

『E_7　しおさい楽器店ストーリー』目　次

1　残念ながら、パンツはないぜ

「ん……」
と涼夏《すずか》。使っていたスプーンを宙に浮かせて、つぶやいた。
「誰かが家の外にいる……」と。
視力こそ悪いが、ずば抜けて耳がいい彼女には、何かが聞こえたらしい。
夜の7時半。
葉山の海沿いにある〈しおさい楽器店〉。
その二階にあるリビング・ダイニング。僕らは、カレーを食べているところだった。
昨日《きのう》まで、忙しくテレビCFの撮影をやっていた。
今日は、ほっとひと息。晩飯のカレーを食べ終えようとしていた。
「誰か？」と僕。涼夏は、うなずく。

「家の裏に誰かが来た……」とつぶやいた。僕も使っていたスプーンを止めた。

「また、下着泥棒か……」


♪


つい1週間ほど前のこと。

下着泥棒の被害にあったのだ。

うちの楽器店の裏には、狭い空き地があり、いつも洗濯物を干している。

そこに干してあった涼夏の下着が盗まれた。

涼夏は、17歳のわりには何もかも子供っぽい。身につけている下着なども、中学生のようだ。

「こんなガキっぽい下着、誰も盗んでいかないよね」涼夏はそう言って、店の裏のスペースに干していた。

それが、ものの見事に盗まれた。ショーツもブラも……。


♪

「絶対に、誰か、家の裏に来てる……」と涼夏。

僕には何も聞こえないが、いちおうスプーンを置いて立ち上がった。

二階から、一階の楽器店にそっとおりる。気がつけば、涼夏もついてきている。

その手にはフライパンが握られている。それで下着泥棒を殴《なぐ》るつもりか……。

僕らは、楽器店のドアを静かに開けて外に出た。

海からの風が頬をなでる。真夏なので、潮風もまだかなり熱い。

月の光はなく、あたりは暗い。

店の角を曲がり、わきにある細長いスペースを奥へ……。そこを抜けると裏の空き地がある。

そこに、人影……。

涼夏が言った通り、やはり空き地にいた。

どうやら若い男……。いま、やつは、空き地に面した楽器店の裏口を覗《のぞ》こうとしている……。僕は、その後ろに迫っていた。

「残念ながら、パンツはないぜ」

言うなり、シャツの襟首《えりくび》をつかむ。思い切り後ろに引いた。

「わっ！」という叫び声。
やつは、あっけなく地面にひっくり返る。僕は、やつの片腕をつかむ。ねじ上げた。
「痛い！　やめて！」と相手。声は、やたら若い。ガキか……。
そのときだった。
「哲《て》っちゃん、ストップ！」と涼夏の声。

♪

僕は、涼夏をふり向いた。フライパンを握ったままの涼夏が、
「その子、真一《しんいち》かも!?」と言った。
「真一？」
「そう、弟の真一」と涼夏。
「だって、あいつはニューヨークにいるんじゃ……」と僕。
涼夏の弟、真一は、4年前から両親とともにニューヨークで暮らしているはずだ。
「こいつが真一？」と僕。
「その声は、もしかして……」と涼夏。鋭敏な彼女の耳が、暗い中で聞き分けたのか

……。

やつは、のろのろと立ち上がる。

「痛いなあ、哲っちゃん……」と弱々しい声で言った。

確かに、聞き覚えがある声だった。


♪


10分後。僕らは、二階のダイニングにいた。

やつは、確かに涼夏の弟の真一だった。

この4年で、背はそこそこ高くなっている。涼夏より5センチほど高い。16歳なら、こんなものだろう。

背は伸びたが、ひょろひょろとした体つきは、変わっていない。

長めに伸ばした髪も、以前のままだ。

半袖のポロシャツ。コットンパンツ。小型のデイパックを肩にかけている。

ポロシャツは、R《ラルフ》・ローレン。履いている靴は、茶色のローファー。いかにもお坊っちゃんスタイルだ。

♪

「あの……」と真一。もじもじとして、

「トイレ使わせてくれない？」と言った。

僕はうなずく。目でトイレの方をさした。真一がうちに来るのは初めてではない。以前、何回か泊まった事もある。真一は、へっぴり腰でトイレに入った。
2、3分で出てきた。
「お前、小便するために日本に帰ってきたんじゃないんだろう？」僕は言った。考えてみたら、いまは7月の末だ。

「夏休みの宿題を手伝って欲しいのか？」と僕。真一は首を横に振った。しばらく無言……。


♪


「そんなんじゃなくて……家出してきたんだ」思いつめたような小声で言った。

「家出？」

僕も涼夏も、同時に口に出していた。

真一は、子供の頃から優等生だった。おとなしい子で、親に逆らう事など想像できないような子だった。それが、

「家出とは……」僕と涼夏は、また同時に口に出していた。


♪


「いつ、日本に帰ってきたんだ」僕は訊《き》いた。

「昨日」と真一。

「なぜ、横浜のマンションに帰らなかった」

と僕。真一たちの一家は、横浜の中区に高級なマンションを持っていた。

真一や涼夏の父がニューヨークに転勤になっても、あのマンションはそのままにしてあるはずだ。

真一の父は、超がつく一流商社のニューヨーク支店長として赴任《ふにん》した。

経済的な余裕があるので、マンションは人に貸したりしていない。

「あそこは、ダメだ。すぐに追っ手がくるから」

真一が、小声でつぶやいた。

家を出た真一がアメリカを出国した事は、いずれわかるはずだ。そうなれば、行先は、たぶん日本……。

そう考えた両親が、日本で真一の行方を探すのは当然だろう。

だからといって、真一が口にした、〈追っ手〉という言葉には、やはり違和感があった……。


♪


「事情はゆっくり聞くけど、お前、シャワーでも浴びろよ」

僕は言った。真一のポロシャツもコットンパンツも汚れている。

「……でも、下着しか着替えがないんだ」

と真一。確かに持っているデイパックは小さい。何かの事情で、急いで家を出てきたのかもしれない。

僕は、自分の部屋から服を持ってきた。

Tシャツは、おなじみ、ローリング・ストーンズのトレードマーク。でかい舌があかんべをしているものだ。

ショートパンツは、派手なサーフパンツだ。

「これ……」と真一。服を手にしてたじろいでいる。

「その坊やみたいな服よりましだ。さっさとシャワー浴びろよ」


♪


「哲っちゃん、これ……」と涼夏。紙幣や紙切れを手にしてつぶやいた。

真一は、シャワーを浴びている。

汚れてしまった服を、涼夏が洗濯しようとしたところだ。洗濯機に入れる前に、ポケットの中から出したらしい。

10ドル札が3枚。

空港で両替したのか、千円札が2枚。

そして、1枚の紙切れがあった。くしゃくしゃの紙切れ。何かの領収書のようだ。

眼が悪い涼夏はそれが読めないらしく、僕に差し出した。

それは、どうやらホテルの領収書だった。大船《おおふな》にある知らない名前のホテル。かなり安い宿泊料からすると、簡素なビジネスホテルらしい。
昨夜、真一はここに泊まったらしい。
その領収書を手にした僕は、思わずそれをじっと見た。
領収書の宛名が、〈田中《たなか》太郎《たろう》〉になっていた……。

2　深夜3時に着信音

僕は、その〈田中太郎〉という文字を見つめていた。

僕の父は、いま天国でギターを弾いている。名前は牧野道雄《まきのみちお》。

その弟が、牧野孝次《こうじ》。真一や涼夏の父親だ。

当然のように、真一のフルネームは牧野真一。

〈田中太郎〉という、いかにもの偽名を僕はじっと見つめていた……。

風呂場から、真一が出てきた。やつは、僕より10センチ以上背が低い。なので、Tシャツもショートパンツもだぶっとしている。

少しもじもじしている真一に、

「ストリート・ファッションだな。悪くないぜ」僕は言った。

♪


「今夜は、ここで寝るしかないな」

僕は、真一に言った。楽器店の隅に、壊れかけたソファーがある。そこに寝ようと思えば、寝られない事はない。

「泊まっていいの？」と真一。

「砂浜で寝るわけにはいかないだろう」僕は言った。

涼夏が、二階からタオルケットを持ってきた。

真一は、ソファーに横になる。タオルケットをかけた。

「ありがとう……おやすみ」と真一。体を丸め、目を閉じた。やがて、寝息が聞こえはじめた。

ニューヨークの家を出て、飛行機に乗り日本に……。そして、大船の安ホテルで一泊……。さすがに疲れているらしい。


♪

「眠れないのか……」僕は、涼夏に訊いた。

「うん、真一に何があったんだろう……」涼夏がつぶやいた。

僕の部屋のベッドに二人で寝ていた。

僕らは、もうファースト・キスをかわしていたが、それ以上の関係にはなっていない。

やはり、従兄妹《いとこ》だという事が、最後のブレーキをかけているのだろう。

とりあえず、現在《いま》までは……。

「真一に何があったんだろう……」天井を見上げてまた涼夏がつぶやいた。

あのおとなしい真一が家出をして、帰国した。

なぜか……。

しかも、〈追っ手〉などという言葉を口にした。泊まったホテルでは、偽名を使っていた。

それは、まるで逃亡している犯罪者のようではないか……。僕も、涼夏も、その事が頭から離れない……。


♪

それでも、涼夏はやがて寝息をたてはじめた。

僕も浅い眠りに落ちていった。

そのときだった。スマートフォンの着信音が響いた。枕元に置いてあるスマートフォンが鳴っている。

僕は、目をこすりながら手を伸ばした。

ニューヨークからの国際電話だった。かけてきたのは、真一の父親だと表示されている。

彼とは、たまにメールのやりとりがある。けれど電話で話した記憶はほとんどない。

時刻は、いま深夜3時。

ニューヨークとの時差を計算するのは面倒くさい。とりあえず、

「はい……」とアクビまじりに言った。

「ああ、哲也《てつや》君、こんな時間にすまない」と父親の孝次。

「はあ……」と僕はまたアクビをした。

「実は、息子の真一が行方不明になってしまったんだ」

「……」僕はしばらく無言でいた。そうするべきだと直感していた。

「行方不明……いつから……」とだけ言った。

「それが、3日ほど前から……」と彼。「心当たりの友人などには、ひと通り問い合わせたんだが、行先がわかる情報はなくて……」

「警察に捜索願は？」

「ああ……これから出すところだ」彼は言い、しばらく無言……。

「真一の携帯には、かけてみた？」

「ああ。かけたが、電源が入っていない」と彼。

「何が起きたかわからないが、自分で家を出たのなら、日本に向かった事も考えられる」

「……」

「そこで頼みなのだが、真一から何か連絡があったり、姿を見せたりしたら、すぐ私に連絡をして欲しいんだ」彼は言った。

僕は、あえてアクビをした。相手に聞こえるように。そして、

「了解。何もないといいけど……」とだけ答えた。相変わらず、それがいいようだと直感していた。

♪


「気になる点がある」

僕は言った。グラスに氷を入れ、バーボンを注いだ。

電話を切って10分後のダイニング。

涼夏も当然起きてしまっている。冷蔵庫から麦茶を出し、

「気になる点？」と訊いた。僕はうなずき、バーボンに口をつけた。

「あの親父《おやじ》は、これから警察に捜索願を出すと言っていたが、真一が姿を消して3日後
というのは、不自然だ」

涼夏が、うなずき、

「真一は、無断で外泊するような子じゃないし……」と言った。

「そう。16歳の子が一晩帰って来なかっただけで、親としたら心配するはずだ。犯罪の
多いニューヨークだし」

「そうね……」

「なのに、真一の行方がわからなくなってから3日過ぎて、やっと捜索願を出すっていい

うのは、どう考えてもおかしくないか？」

涼夏は、うなずいた。

「お父さんは、家族関係にクールな人だけど、それにしても……」とつぶやいた。

「親父の方にも何か事情があるのかもしれない。あとで真一にも訊いてみるか……」

僕は言った。やがて、飲んだバーボンが回ってきた。

「とりあえず、ひと眠りしよう」と言った。明日は、午前中からギター・アンプの修理がある。

僕は、N《ノラ》・ジョーンズを低く流しているミニコンポをＯＦＦにした。


♪


「素直に白状したら、食わせてやる」

僕は言った。真一の前に、目玉焼き2個と焼いたベーコンがのった皿を置いた。朝の9時半だ。

「白状？」

「ああ。なぜ、家出して帰国したか、素直に話せよ」僕は言った。

涼夏はいま、洗濯した真一の服を裏の空き地に干している。

「それが……父さんとうまくいかなくなって……」と真一。

「親父さんと？」訊くとうなずいた。

「うまくいかなくなって、か……」僕は、つぶやいた。

深夜にニューヨークの親父さんから電話があった事は、まだ話していない。いまは、胸の中にしまっておく……。

「しかし……」とつぶやいた。

仮にも親子だ。うまくいかなくなったとしても、家出してアメリカから帰国するとは、かなりの事情がありそうだ……。

そのとき、電話が鳴った。一階の店の電話だ。たぶん、修理の件だろう。僕は、一階におりた。電話をとる。

やはり、お客からだ。ギター・アンプの修理。その催促の電話だった。

僕は、午後1時までに修理を終えると返事をした。

二階に上がると、真一が目玉焼きとベーコンをがつがつと食べていた。

僕は苦笑い……。

♪


「ちぇ……」僕は、舌打ちした。

1時間後。店で、アンプの修理をしていた。

おなじみ、Marshall《マーシャル》のギター・アンプだ。お客は、夕方からのライヴでこれを使いたいという。

いいアンプだが、こいつは年代物。中の配線が不具合を起こしている。僕は、切れかけた配線を修復しようとしていた。

けど、上手くいかない。目がしょぼしょぼする。ニューヨークからの国際電話で寝不足なのが原因だろう……。

そのときだった。近くにいた真一が、控えめな声で、

「手伝おうか？」と言った。

そうだ……。真一は、子供の頃から、こういう作業が得意だった。

「おう、頼むよ」

僕は言った。工具を真一に渡した。やがて、真一は配線の修理をはじめた。

それを見ていた僕は、思い出していた。涼夏や真一がまだ子供だった頃の事を……。

♪

涼夏は、小さい頃からオテンバな娘《こ》だった。葉山の海で遊ぶのが好きだった。

小学3年ぐらいから、夏休みは、ずっとうちに泊まっていた。毎日、泳いだり、潜ったり、釣りをしたり……。

ココアのような色に陽灼《ひや》けし、はじけるような笑顔を見せていたものだ。セミの鳴き声をシャワーのように浴びて……。

そんな夏休み。ほんの一泊や二泊で、真一が葉山に来る事があった。

真一は、父親が卒業した慶應大学、その付属小学校である幼稚舎《ようちしゃ》に入っていた。

日本で最も入試が難しいと言われる小学校の一つだ。

その小学校でも、真一は成績が良かったらしい。

両親の方針があり、夏休みも夏期講習に追われていた。

そんな中、ほんの2、3日でも葉山に来るのは、真一にとって息抜きになったようだ。

真一は、涼夏とは対照的に、色白で秀才タイプの子。ただ、意外だったのは機械いじりが好きな事だ。特に電気製品をいじるのが好きらしかった……。

子供用の工作キットで、ラジオやトランシーバーを作っていた。器用に配線をしていたようだ。

確か、あれは、真一が小学3年の夏休みだった。

彼が葉山に泊まっていたとき、僕がたまたまギターの修理をしていた。

フェンダー・テレキャスターのピックアップをはずして直していた。

それを、真一がじっと見ていた。

弦の振動を音の信号に変える、そのピックアップに興味を持ったようだ。

僕がフェンダーからはずしたハムバッカー型のピックアップを手にとり、真一はすごく熱心に見ていた……。

僕は、その構造を真一に説明したものだった。

そんな夏休みの出来事を、僕はふと思い出していた。


♪

「やれやれ……」僕はつぶやいた。

午後1時ジャスト。アンプの修理を頼んだお客が、やってきた。

真一のおかげで、15分前に修理は終わっていた。お客は、礼を言い修理費を払い、アンプを持っていった。

そのお客と入れ替わりに、陽一郎《よういちろう》が入ってきた。

すぐそばの真名瀬《しんなせ》漁港に船を舫《もや》っている漁師の息子で、僕のバンドのドラムス・プレーヤーだ。

陽一郎は、真一を見た。〈どこの坊や？〉という表情……。

「忘れたのか？　真一だよ、涼夏の弟の」と僕。陽一郎は、真一を5、6秒見て、

「ああ、チンイチか」と言った。

店の掃除をしていた涼夏が吹き出した。

3　7番街に、ボブ・ディランが流れていた

あれは、涼夏が小学5年、真一が4年生の夏だった。

涼夏は、いつものように葉山で夏休みを過ごしていた。そこへ、真一が二泊三日でやってきた。

そんな真夏の午後、陽一郎の船で僕らは釣りに出た。

水深15メートルぐらいのポイントで、白ギス釣りをはじめた。

釣りが好きな涼夏は、次つぎとキスを釣り上げる。真一は、それを見物していた。

船で沖に出るのは初めてらしく、真一は少し緊張している。

釣りをはじめて1時間。突然、涼夏の釣り竿が大きくしなった。何か、狙いではない大物がハリにかかったようだ。

「慎重に！」と陽一郎。

釣り糸は、小さな白ギス用で細い。無理をすると切れてしまう。涼夏は、顔を赤くしてリールを巻いている。ジリジリと魚は上がってくる……。

「もうちょっと、頑張れ！」

と陽一郎。すでに、2メートルほどの柄がついた玉網《ネット》を持って用意している。

やがて、魚が海面に姿を見せた。

ホウボウの美しい魚体……。1キロ近くありそうだ。

陽一郎が、海面のホウボウを素早くネットですくった。さっと船の中に取り込む。

そのときだった。

「ウッ！」といううめき声。


♪


僕らは、そっちを見た。真一が、股間《こかん》を両手で押さえている。

すぐに、事情がわかった。

陽一郎は、柄のついたネットでホウボウをすくい、素早く船中に引き上げた。

そのとき、覗き込もうとしていた真一の股間を、ネットの柄が直撃したらしい。

真一は、股間を押さえてうめいている。

「大丈夫か⁉」と僕。

ホウボウを生《い》け簀《す》に放り込んだ陽一郎も、真一にふり向いた。

真一は、両手で急所を押さえてしゃがみ込んでいる。

「あ、チンポコど突《つ》いちゃったか。ごめんな」と陽一郎。「大丈夫か、真一。見せてみろ」と言った。さすがに、真一は真っ赤になっている顔を横に振っている。

「見せてみろって、真一」と陽一郎。

真一は、頑固に首を振り続ける。やがて、陽一郎も肩をすくめて苦笑い。

「わかったよ、チンイチ」と言った。


♪


それ以来、陽一郎は真一をチンイチと呼んでいた。

3年後、中1になっていた真一が、ニューヨークに行くまで……。


♪

「だいぶ背は伸びたな」陽一郎が真一を見て言った。さらに、

「その後、チンポコは大丈夫か？　ちゃんと成長してるか？」とからかった。

涼夏が、また吹き出した。

色白な真一の顔が赤くなった。

「その様子なら大丈夫そうだな。夏休みでニューヨークから遊びにきたのか……」

と陽一郎。店の隅にあるドラムセットに歩いていく。

つい2日前、僕らはテレビCFの仕事をした。

それは、アメリカ軍の横須賀《よこすか》基地にある空母の上で演奏するという、とんでもない仕事だった。

そんな撮影が終わったのは、夕方の6時近く。その日は、楽器を片づけるだけで終わった。

岸壁に停泊している空母の甲板《デッキ》で演奏した。当然、楽器は潮風を浴びている。

陽一郎は、そんな楽器、特に自分のドラムスの手入れをしに来たらしい。

とりあえず、シンバルのスタンドを布で拭《ふ》きはじめた。

そうしながら、

「なんだ、夏休みだってのに、さえない顔だな」と真一に言った。
僕は肩をすくめ、「なんと、家出してきたらしい」と言った。
「家出?」と陽一郎。真一は、かすかにうなずいた。
「なんでも、親父さんともめたとか……」僕が言った。
陽一郎は、シンバル・スタンドを拭きながら、
「親父さんともめた?……マリファナをやって捕まったとか、無免許運転したとか
……」と言った。
真一は、かたまって無言……。
「じゃ、成長したそのムスコで女の子を妊娠させたとか?」
僕と涼夏は、同時にプッと吹き出した。二人して、真一を見た。
「違う! そんなんじゃないよ……」それまで黙っていた真一が、やっと口を開いた。

♪

15分後。
「……あれは、去年の10月だった……」

と真一。COKE《コーク》を手に、ぽつりと口を開いた。

「学校帰りに、街をぶらぶら歩いてたんだ」

「そのまま家に帰る気になれなかった?」

僕は訊いた。真一の母親は、絵に描いたような教育ママだ。真一の気持ちもわかる。

彼はうなずいたまま、

「7番街を下ってソーホーにさしかかったところで、音楽が聞こえてきたんだ」

「音楽?」と涼夏。

「街角で、3人が演奏してた」

「ストリート・ミュージシャンか」と僕。真一は、うなずく。

「ぼくと同じぐらいの年で、3人とも黒人だった。一人がギターを弾き、一人がベースを弾き、もう一人が歌ってた」と言った。

「なんの曲?」と涼夏。

「ボブ・ディランの〈風に吹かれて〉を、レゲエっぽいリズムでやってた」

と真一。僕は、うなずいた。秀才タイプの真一にも、その曲はわかったのだろう。

「で、そいつらは上手かった?」陽一郎が、ドラムセットのシンバルを拭きながら訊いた。

「上手いか下手かはわからなかった。でも、すごく楽しそうにやってた」と真一。

「それを見てたら、なんか、哲っちゃんたちの事を思い出して……」

真一が言った。

♪

「ああ、夏休み、哲っちゃんと涼《すず》姉ちゃんがよくやってたじゃない。〈風に吹かれて〉とか、ビートルズの曲とか……」

「おれたち？」と僕。

と真一。僕も涼夏も、うなずいた。

涼夏が小学生だったあの頃、まだ元気だったうちの父が主に楽器店をやっていた。

僕と涼夏は、暇があると楽器を手にしていた。

涼夏はウクレレ、僕はアコギを弾き、適当に歌っていた。

〈Stand By Me《スタンド・バイ・ミー》〉もやった。

〈風に吹かれて〉もやった。

そして、〈Imagine《イマジン》〉も……。

涼夏がウクレレで弾けるような簡単なコードの曲ばかりを歌った。

ときには店の外のベンチで……。

ときには目の前の砂浜や防波堤で……。

僕らの歌声は、文字通り、潮風に吹かれていったものだった。

「そんな哲っちゃんや姉ちゃんが、すっごく楽しそうで、羨ましかった……」と真一。

そんなときも、彼は夏期講習の課題に取り組んでたのを、僕は思い出した。

「7番街の街角で歌ってる彼らを見てたら、ふとあの頃を、思い出して……」

COKEを手に、少ししんみりした口調で真一はつぶやいた。

♪

「それから、毎日？」と涼夏が訊き返した。真一は、うなずいた。

その翌日も翌々日も、真一は街角でやっている彼らの演奏を聴きに行ったという。

「最初、彼らはぼくを無視してた……」

それはそうかもしれない。日本人。しかも、私立の名門ハイスクールの制服を着ているのだから……。

「でも、そうしてるうちに、しだいに彼らと口をきくようになって……」と真一。

「特にギターを弾いているマークとは、だんだん親しくなっていったな……」とそのときを思い出す表情……。

♪

「ライヴハウスでも？」僕は訊き返した。

「ああ、彼らは週末になると、ソーホーの片隅にあるライヴハウスで演奏してた。ドラムスのメンバーも加えて……」

と真一。少し苦笑い。

「ライヴハウスといっても、放置されてた古い倉庫を使ってたんだ……」と言った。

持ち主もわからなくなっていた古ぼけた倉庫。そこを無断で使っていたという。簡単なアンプやPAを持ち込んで、勝手に演奏していたようだ。噂を聞いた仲間の少年や少女たちが聴きにきていたらしい。

「でも、機材がひどくてさ……」と真一。

♪


「そこで、お前が、音響を担当？」

僕は思わず真一に訊いた。彼はうなずき、

「だって、ギター・アンプもPAも、マイクだって、みんなボロボロだったから……」

と言った。たぶん、貧しい黒人の少年たちにとって、それが精一杯だったんだろう。

「ときどき、マイクが故障して演奏が中止になったりしてたんだ」と真一。

「それを、お前さんがなんとかしてやった？」陽一郎が訊いた。

「3カ月ぐらいかけて、一生懸命にやったよ。マイク、アンプ、PAなどを徹底的に直した。安売りしてた中古品から部品をはずして交換したり……」と真一。

「で、なんとかなった？」と僕。

「今年の4月ぐらいからは、かなり良くなってきた。マークをはじめ、バンドのみんなも喜んでくれたし、聴きにくる人数も増えてきたし……」

「どんな気分だったの？」涼夏が訊いた。

「もちろん楽しかった。いままで感じた事がないような気分だった……」

「いままでにない？」と涼夏。

真一は、しばらく考え、うなずいた。

「いろんな部品を交換したり、新しい配線を試してみたり……。そうやってると、何時間でも過ぎてて……。そんな事って、生まれてからなかった……」と真一。

「学校の成績でオールAになったときだって、そんな気分にはならなかったよ……」と言った。COKEのボトルを手に……。

♪

それから5分。

「でも……」と真一。硬い表情になり、

「それが、あんな事になるなんて……」とつぶやいた。

4　大人がよく口にする嘘

「あれは、いまから10日前だった」と真一が口を開いた。

「夜の9時頃、突然、父さんが部屋に入ってきたんだ。ノックもしないで……」

「ノックもしないでか……」

僕はつぶやいた。

「そのとき、たまたまぼくはマイクの修理をしてて……」

「悪いタイミングだな……」と陽一郎。真一は、うなずいた。

「父さんは、硬い表情をして、何をしてるんだと訊いた」

「で？」と僕。

「友達に頼まれて、このマイクの修理をしてるんだと答えた。すると、父さんはむっつりした表情のまま、昼間学校から連絡がきたと言った」

「学校から？」

「ジョンソンというクラス担当の教師から父さんに電話があったらしい。ぼくの成績の事で」

「もしかして、成績が下がった？」と涼夏。真一は、うなずいた。

「この半年ほど、全体的にぼくの成績が下がっている。気になるので連絡してきたというんだ」

「おせっかいなセンコーだな」と陽一郎。

「まあ、一流の私立校だから成績にはうるさいよ……」真一がつぶやいた。

「で、お前の親父は、修理してる最中のマイクを見たんだな」と僕。

「ああ……。それで、このところ何をしてるのか、正直に話せと言った」

「で……話したの？」と涼夏が訊くと、真一はうなずいた。ありのままに話したという。

♪

「こういう状況にならなくても、自分から両親に話そうと思いはじめてたんだ」

真一が口を開いた。全員が彼を見た。

「ぼくは、ハーバード大学に進もうとも思わないし、父さんが望んでるような人間にもなりたくないと……」と真一。

「ふうん。で、お前の親父が望んでるような人間って?」僕は訊いた。

「ハーバードを優秀な成績で卒業して……」

「で?」

「毎朝、運転手つきの車が迎えにくるような、そんな男になれって、よく言ってるよ」

「かっちょいいじゃん」と陽一郎がからかった。

僕は、苦笑しながら、うなずいた。そして、

「で、お前の親父には運転手つきの車がくるのか?」と訊いた。

真一は、うなずいた。「毎朝、ピカピカのシボレーが迎えに来るよ」と言った。

なるほど……。

真一の親父は、日本でも一、二を争う商社の、しかもニューヨーク支店長だ。運転手つきの車が迎えに来ても、不思議はない。

「つまり、自分のような人間になれと?」と陽一郎。

真一は、うなずいた。

「ハーバードを出て？」

「うん、ビジネスの社会でも政治の世界でもいいから、勝者になれと以前から言われてた」と真一。

「勝者……」と僕がつぶやく。

「つまり、毎朝、ピカピカのシボレーが迎えに来るってことさ」

陽一郎が皮肉っぽく言った。

「あの親父らしいな……」と僕はつぶやいた。


♪


「でも、ぼくは以前から、そういう事に疑問を感じてた……」と真一。

「以前から？」訊き返した。

「ああ。夏休みにここに来るたびに、なんか羨ましかったし……」

「おれや涼夏が、楽器を弾いて歌ってたのが？」

「それもあるけど、道雄おじさんも……」

「うちの親父が？」

僕は、思わず訊き返した。真一は、うなずく。

「道雄おじさんがギターを弾いてたり、頼まれたギターの修理をしてるときって、すごく楽しそうな顔をしてた……」

「そりゃ、ギター馬鹿だったからなあ……」

僕は、つぶやいた。

親父は、3歳の頃からギターを弾きはじめ、ギターとともに短い人生を駆け抜けた。

「でも、ギターを手にしてるときのおじさん、本当に楽しそうだった……。それに比べると、うちの父さんが楽しそうな顔をしてるのを、見た事がない……」と真一。

僕は、かすかにうなずいていた。

確かに、真一の親父の笑顔というのは見た覚えがない。

というより、とにかく感情を顔に出さない人だった。

それは、大企業の中で上を目指すために必要な事だったのかもしれないが……。


♪

真一は、コロッケパンを手にする。

「その日、ぼくが、マークたちのバンドと親しくしている事を話しても、父さんはほとんど無表情で聞いてた……」とつぶやいた。

僕らは、店のすぐ前の真名瀬海岸にいた。陽一郎が買ってきてくれた旭《あさひ》屋のコロッケパンをかじっていた。

真夏の陽射しが、海面にパチパチとはじけていた。

真一はコロッケパンをひと口かじると、

「あ、懐かしい味……」と言った。

夏休みに真一がうちに泊まっていたとき、ときどきこれを食べていたのを僕は思い出していた。

「で、彼らのバンドとつき合っている事を話したら、親父さんは？」と僕。

「さっき言ったように、無表情で聞いていた。で、確かめるように、訊いてきた」

「なんて？」と涼夏。

「その黒人たちと、これからもつき合うのか？　そう訊いた。露骨に黒人を軽蔑《けいべつ》したような口調で……」

「で、お前は？」と僕。

「そのつもりだと答えたよ」

「そしたら、親父は？」

「相変わらず無表情で、部屋から出ていった」と真一。食べかけのコロッケパンを手に、海を見つめ、

「でも、それが、あんな事件になるなんて……」


♪


「その3日後だった。土曜日で、マークたちが倉庫でライヴをやる事になってた」と真一。

「夕方の5時頃、ぼくは倉庫に行った。彼らは、3時頃からそこで練習をやっているはずだった。でも……」

そこで、真一は言葉を切った。

「ところが、倉庫のまわりには、3、4台のパトカーが回転灯をつけて停まっていて、立ち入り禁止のテープが張られていた」

「パトカー……」

「ああ、いつもライヴで照明をやってくれている女の子が近くにいたから、何があったのか訊いたよ」

「そしたら？」

「突然、数台のパトカーが来て、警官たちが倉庫に入ってきたらしい」と真一。

「倉庫の無断使用で、バンドの連中をしょっぴこうとした。その古い倉庫は、ニューヨーク市が管理してるものだと言い渡し」

「…………」

「悪い事に、マークともう一人のメンバーが、警官と言い争いになり、警官に殴りかかってしまったらしい」

「まずいな、公務執行妨害……。しかも、黒人……」と僕。

「ああ、結局、バンド・メンバー全員、警察にしょっぴかれて行ったという」

真一は言った。視線を砂浜に落とした。


♪

「家に戻ると、父さんを問いつめたよ。倉庫の事を警察に連絡したのは、父さんじゃないのかと」

「そしたら？」

「父さんは、無言だった……」

「という事は、イエスだな」と陽一郎。真一はうなずき、

「そして、父さんは言った。みんなお前のためなんだと……」

「大人がよく口にする嘘だ」と僕は言った。

真一は、またうなずいた。その唇が少し震えている。だが、さすがに男の子なので、泣き出したりはしなかった。

やがて、顔を上げた。

「……そのとき、はっきりわかった。もう、この人とは、この両親とは一緒には生きていけないと……」きっぱりと言った。

「そこで、家を出た……」と涼夏。


♪

頭上から、チイチイというカモメの鳴き声が聞こえていた。

「実は、お前の親父から夜中に電話がきた」

僕は、コロッケパンを手にして言った。真一が、僕を見た。驚いた表情ではない。

僕は、親父とのやり取りをそのまま話した。

「お前がうちにいる事は話さなかった」

「……ありがとう」と真一。

「でも、ぼくが日本に行った事はすぐにわかるはずだ」と言った。

「パスポートを持ち出したから？」と涼夏。

真一は、うなずいた。

「しかも、父さんはアメリカ政府の人間などともつながりがあるらしい。ぼくが日本に向けて出国したのは、出入国管理局ですぐにわかるはずだ」

「そうなったら？」と僕。

「何がなんでも、父さんはぼくを連れ戻そうとするだろう……」

「親だから？」と陽一郎。真一は、首を横に振った。

「そうじゃない。自分にさからう人間を許しておけないんだ。実際に許さない……」と真一。

「日本にいた頃、自分の意見にさからった部下を地方の支社に飛ばした、その事は知っているよ」

「誰かから聞いたの？」と涼夏。

「いや、父さん本人がぼくに話したのさ」

「権力の見せびらかしか……」と僕。真一は、3回ほどうなずいた。

「そういう人だから、父さんに逆らって家出したぼくを許しておくわけがない」と真一。

「どんな手段を使っても、ぼくを連れ戻そうとするはずだ」

「どんな手段を使っても？」

僕は、思わず訊き返していた。

5　ベートーヴェンは、ぐちゃぐちゃ

「あれは1年ぐらい前だったかな」と真一。「父さんがスマートフォンで話してた。たぶん日本と」

「という事は仕事関係？」と僕。真一は、うなずいた。

「ああ、東京の社員と話してるみたいだった」

「で？」

「どんな手を使ってもいいから、相手の商談を潰《つぶ》せ、と言ってた」と真一。

「外から帰ってきたぼくが廊下にいて、電話の声が聞こえてるのに父さんは気づいてないようだった」と言った。

「相手が強硬手段に出てくるようなら、あの連中を使ってもいい。父さんは、そう言ってた」

「……あの連中……」と僕はつぶやいた。

「ああ、そう言ってた」と真一。「ぼくが聞いてるのに気づかれそうだったんで、そこを離れたんだけど」と言った。

♪

小さな波が、砂浜を洗っている。

「〈あの連中〉か……」陽一郎がつぶやいた。

商社同士の争いが激しいのは、なんとなく想像できる。

「だからといって、ヤクザ、チンピラを使うのは、まずいだろうけどな」と僕は言った。

「そうなると、どんなやつらが出てくるのか、ちょっと面白そうだな」と陽一郎。

僕と陽一郎は、顔を見合わせた。そして、肩をすくめた。

これは、僕らが何かを企《たくら》むときの合図のようなものだ。

♪

あれは、僕らが高校1年のときだった。

音楽の教師は、やたらに気取ったやつだった。音楽大学のピアノ科出身とかで、それを鼻にかけていた。

授業では、ベートーヴェンやショパンをこれみよがしに弾いたものだった。すでにバンドをやっていた僕らには、いかにもバカにした態度を見せた。

「君たちが出してる音は、はっきり言って騒音だね」とまでほざいてくれた。

きわめつきは、その年の文化祭。

体育館でのライヴから、ロックバンドを締め出したのだ。

ライヴのステージに立つのは、クラシックをやってる生徒と、合唱団だけ。そんな事を勝手に決めた。

僕らのバンドは、すでにプロ志向で、学校の文化祭などあまり興味がなかった。けれど、その教師は、クラシックだけがまともな音楽と決めつけ、問答無用でロックやJ-POPを締め出した、それにはひどくむかついた。

♪

その文化祭の1週間後。僕らは、放課後の音楽室に忍び込んだ。

そして、ピアノの調律をいじった。正確に言うと、ほとんどの弦のチューニングをずらしたのだ。

陽一郎が見張りをやり、僕がピアノをいじった。

翌日。音楽の授業。

その教師は、いつものようにピアノを前にした。

「では、まずベートーヴェンを聴いてもらおうか」と言った。

いつもの事で、自分の得意なベートーヴェンの演奏をこれみよがしに聴かせたいのだ。

やつは、自分に酔った表情でピアノの鍵盤に指を落とした。

たぶん、〈運命〉を弾こうとしたらしい。

けど、教室に響いたのは、まさに雑音のような、ぐちゃぐちゃの不協和音だった。

やつは、鍵盤に指を落としたまま、かたまった。口がパクパクと動いている。

3秒後。笑いが音楽室で爆発した。

「さすがベートーヴェン！」と叫ぶ男子生徒。

ただ大笑いしている女生徒たち……。この教師を嫌いな生徒は多かったのだ。

翌日。音楽室のドアに誰かが〈弁当便《べんとうべん》〉と小汚い落書きをした。

けど、それは大うけした。教師が消しても消しても、また誰かが〈弁当便〉と落書きするのだ。

♪


楽器店の息子である僕は、まず疑われた。

担任の教師に呼ばれて〈あれをやったのは、お前か？〉と訊かれた。僕は〈まさか、音楽を愛する僕が……〉と白々しく言った。

なんの証拠も出てこないので、その件は、ジ・エンド、迷宮入り。

以来、その音楽教師はかげで〈弁当便〉と呼ばれていた。

「ありゃ、面白かったな」と陽一郎が言った。僕らの気分は、高校生の頃に戻っていた。


♪


「ところで、親父は、お前がどのぐらいの金を持って家出したか、わかってるのか？」

僕は真一に訊いた。

「だいたい、わかってると思う」と真一。そして、

「日本へのエアー・チケットを買ったら、たいして残らない事も、わかってるんじゃないかな」と言った。

「じゃ、ホテルなんかを泊まり歩くわけにはいかない、その事もわかるな……」と陽一郎。

「すると、仕方なく横浜のマンションに行くだろうと予想するよな」僕は言った。

「横浜のマンションの鍵は持ち出してきたのか？」

真一に訊くと、うなずいた。

「いちおう……」

「それなら、なおさらあのマンションに行くと親父は思うだろうな」と僕。

「それで、〈あのマンションはダメだ。すぐに追っ手がくるから〉と言ったわけだな」

と僕は真一に言った。真一は、力なくうなずいた。

「しかし、お前の親父がどんな連中を使って、お前をつかまえにくるのか、そこが気になるな……」僕は、つぶやいた。


♪

エンジン音……。

ディーゼルのエンジン音がした。すぐそばにある真名瀬の漁港。そこに一艘の漁船が入ってきた。

陽一郎の家の船だ。いまは、陽一郎の弟が主にそれで漁をやっている。

いまも、船の舵を握っているのは弟の昭次《しようじ》だ。

昭次は、船を岸壁に舫う。こっちに歩いてきた。

「どうだった」と陽一郎。

「まあまあ、マヒマヒが釣れたよ。今夜はフライが食える」

と昭次。僕や、そばにいる涼夏を見ると少し顔を赤くした。

昭次は、涼夏より1歳上の18歳。どうやら、涼夏に気があるらしい。

「マヒマヒか」と陽一郎。「ルアーを流して釣ったのか」と訊いた。昭次は、うなずいた。

「最近手に入れたルアーに、よく魚がかかるよ」と言った。

ルアーとは、擬似餌《ぎじえ》。貝やプラスチックでできたもので、それを海面で曳《ひ》くと、イワシのような小魚だと勘違いしたマヒマヒやサバがかかるのだ。

♪


「擬似餌《ルアー》か……」僕はつぶやいた。腕組みをした。陽一郎も何か考えはじめた。

10秒後。

「それだな」

「ああ、それだ」

僕と陽一郎は、ほぼ同時に口に出していた。

「……どういう事？」と涼夏。

「つまり、ルアーを使って、真一をつかまえようとする奴らを見つけるのさ」と僕。

「そのルアーって？」

涼夏が訊いた。僕と陽一郎は、同時に昭次を指差していた。

「もしかして、おれ？」と昭次。

「ああ、もしかしなくてもお前さ」と陽一郎。

昭次と真一は、背の高さが同じぐらいだ。昭次の方がほんの少し高いけれど、一見同じぐらいの背丈に見える。

真一本人をあのマンションに行かせるのは、リスクが高い。

「だから、昭次に真一の服を着せて、横浜のマンションあたりをウロウロさせる。つまり擬似餌を泳がせるわけさ」と陽一郎。

「そこで、どんな連中が釣れるかな……」と僕がつぶやいた。


♪


「こんなものかな……」僕はつぶやいた。

翌日。午後1時過ぎ。

真一がニューヨークから着てきた服を、昭次に着せたところだった。

紺のポロシャツは、R《ラルフ》・ローレン。ベージュのコットンパンツ。

そして、グレーのデイパック。

昭次の方が少し背が高いので、パンツは短めになった。けど、遠目にはわからないだろう……。

「とにかく、これでいくか」僕は言った。

もし、真一の親父が、誰かを使って、真一をつかまえようとしたら、どうするか……。

まず、パッと見てわかる身長や服装を情報として伝えるだろう。

僕らは、そこを狙ったのだ。

「じゃ、横浜でルアー・フィッシングだな」僕は言った。

真一と涼夏は、店に残す。

ドアには、〈臨時休業〉のプレートを出した。

僕、陽一郎、そして昭次は、店のワンボックスに乗り込む。エンジンをかけ、横浜に向かった。

6　出来損ないのロッド・スチュワート

「ん……」

助手席にいる陽一郎が、つぶやいた。

停まっているグレーの車を見ている。

その車には、僕も気づいていた。

横浜。桜木町の駅から5分。片側二車線の道路に面して十二階建ての洒落《しゃれ》たマンションがある。

その20メートルほど手前。車を歩道に寄せたところだった。

道路をはさんでマンションの斜め前に、コインパーキングがある。そこにトヨタらしいセダンが駐《と》めてあった。

その運転席と助手席に人の姿があった。

コインパーキングに車を駐めて中に乗っているのは、かなり不自然だ。

その位置からは、マンションの玄関が見えるはずだ。玄関を見張っているのかもしれない。

「お魚さんかな?」陽一郎が言った。

「じゃ、ルアーを投げるか」と僕。

陽一郎は、リアシートに乗っている昭次に、

「打ち合わせ通りにやれ」と言った。昭次がうなずく。後部のドアを開けて、車をおりた。

真一のデイパックを背負って、マンションの玄関に向かう……。

わざとキョロキョロとあたりをうかがいながら……。

コインパーキングの車、その助手席のドアが開いた。

運転席のドアも開き、男が二人おりてきた。

「魚がヒット……」と僕。

二人は、道路を渡ろうとする。が、横浜市の清掃車が道路を走ってきた。

二人は、イライラした表情。清掃車が行き過ぎたとたん走りだした。

けれど、昭次はもうマンションの玄関に着いていた。

ポケットから出したキーで、オートロックのドアを開ける。高級感があるロビーに入っていった。

5秒ほど遅れて、二人の男たちがマンションの玄関に駆け寄った。

けれど、オートロックのドアはもう閉まっている。

「残念でした」陽一郎がつぶやいた。

僕は、男たちを見た。そこそこ距離があるので、人相ははっきりとしないが……。

三十代ぐらいに見えた。夏なので、半袖の白いシャツに紺のズボン。

証券会社のサラリーマンにも見える。不動産会社の社員にも見える。

「ヤクザ者とかじゃなさそうだな」と陽一郎。

「いや、最近のヤクザ屋さんは、ああいう格好をしてるのかも」と僕。

「パンチパーマやサングラスは、もう漫画の中だけだろう」と言った。

二人の男たちは、しばらく玄関の前をうろついていた。

やがて、コインパーキングの車に戻っていった。そこで張り込むつもりらしい。

♪


15分後。陽一郎のスマートフォンに着信。

「昭次からだ」と陽一郎。スマートフォンを耳に当てる。

「ああ、もういいぜ。出てこい」と言った。

5分後。マンションの玄関が開いた。昭次は、八階の部屋で着替えて別人になっていた。

あちこち破れているダメージ・ジーンズ。

B《ボブ》・マーリーの顔がプリントされたど派手なTシャツ。

黒いキャップを後ろ前にかぶっている。

これが、最近レゲエにはまっている昭次の私服なのだ。

昭次は、蛍光色のバッグを肩にかけ、マンションから出てきた。そのバッグには、それまで身につけていた真一の服やデイパックが入っているはずだ。

コインパーキングにいる男たちには、なんの動きもない。

相変わらず、マンションの玄関を見張っている。

「トンマ」と陽一郎がつぶやいた。やがて、昭次が車の後部ドアを開けて、乗り込んできた。

「ご苦労」と僕は昭次に言った。車のギアを入れ、ゆっくりと発進する。

コインパーキングの男たちは、相変わらずマンションの玄関を見張っている。真一が出てくるのを待って……。

「おたっしゃで」僕は言い、加速する。


♪


「わかった事が二つあるな」

と僕。マヒマヒのフライを口に運び、言った。

その夜、7時過ぎ。楽器店の二階。香ばしい揚げ物の匂いが漂っていた。

昭次が釣ってきたマヒマヒをフライにして、みんなで食べていた。

「やはり、お前の親父は、人を手配してお前をつかまえようとしている」

僕は、真一に言った。

「もちろん、お前が日本にいると確信してるらしい」真一は、うなずいた。

「そこで、親父が手配したらしいその連中が、横浜のマンションに張り込んでいたわけだ」と陽一郎。

マヒマヒを揚げながら言った。

「そして、連中はお前の服を着てマンションに入っていった昭次をお前だと思っている。だから、当分はマンションの前で張り込んでいるだろう」

僕は言った。

真一は、うなずいた。フライをかじっていた涼夏が、

「で、哲っちゃん、もう一つのわかった事って？」と訊いた。

僕も、フライをサクッとかじる。

「今日の横浜の件でわかったのは、真一の外見の情報が親父から日本に送られている事だな。真一をつかまえようとしてる連中は、その情報をもとに動いている」

と言った。陽一郎がフライを油から上げながら、

「だから、まるで違うルックスでマンションから出てきた昭次には、目もくれなかったんだ」と言った。

「人は外見に誤魔化されるって事ね……」と涼夏がつぶやいた。

「そこを逆に利用する？」

陽一郎が僕に訊いた。

「ああ。真一をつかまえようとしてる連中は、ニューヨークの親父から知らされている真一の外見をもとに動いている」と僕。

「それなら、真一を別人にしちゃえばいいのさ」と言った。

「別人？」と陽一郎。

「ああ、とりあえず、外見だけはまるで別人にするんだ」と僕は言った。


♪


そのとき、僕のスマートフォンに着信。

音楽レーベル〈ブルー・エッジ〉のプロデューサー、麻田《あさだ》からだ。

「CFの撮影はお疲れ様」と麻田。「流葉《ながれば》ディレクターが、いま映像の編集をしてる。それは、まかせておけばいい。そこで、涼夏ちゃんのテスト録音をそろそろはじめたいんだ」と言った。

麻田に言わせると、〈絹糸のように繊細な〉涼夏の声。

あのB《ビリー》・アイリッシュにもたとえて、〈歌っているというより、泣いているような印象のフレーズ〉……。

その涼夏を、シンガー・ソングライターとして、近い将来デビューさせたいという。

涼夏本人は、あまり自信がなさそうだけれど……。

「3日後あたり、スタジオで軽く音合わせをしたいんだが、来れるかな？」と麻田。

「君と涼夏ちゃん、あと出来ればドラムスの陽一郎君、ベースの武史《たけし》君も」

「武史は、いま沖縄に遊びに行ってるけど、陽一郎は大丈夫かな？」

僕は言った。陽一郎を見ると、親指を立ててみせた。

♪

「うひゃ！」と涼夏が声を上げた。

「おお！　悪くないじゃん」と僕は言った。

翌日。午後3時。横須賀。ファッションビルの二階。ヘアサロンから、真一が出てきたところだった。

真一の髪は、金色に染まっていた。

しかも、初期のロッド・スチュワートのように、髪がハリネズミのように突っ立っている。

僕は、真一にサングラスをかけさせた。髪を染めてる間に、買ってきた安いサングラスだ。

真っ白のセルフレームに、度なしのレンズは薄いブルー。

それをかけさせた。

「まあ、ロッド・スチュワートの出来損ないか」と僕。

「とりあえず、それならお前と見破るやつはいないだろう」

♪

そのまま、近くの古着屋に行った。

横須賀ベースのアメリカ兵や、その家族が売った古着を並べている店だ。

そこで、ど派手なTシャツを3枚と色落ちしたスリムジーンズを選んだ。それをすぐ身につける。

古着屋の鏡で自分を見た真一は、かたまっている。

「これ……誰？」とつぶやいた。

「だから、出来損ないのロッド・スチュワートだって」僕は言い、真一の肩を叩いた。


♪


「本当にチンイチかよ？」と陽一郎。ドラムスを車に積み込む手を止め真一を見た。

2日後。午前11時。

僕らは、東京のスタジオに向かおうとしていた。

車に楽器を積み込んでいると、金髪の真一が店から出てきた。それを見た陽一郎が、目を丸くして、

「チンイチ、すげえ変身……」と陽一郎。

「いかしてるだろう？」と僕は言った。

そのとき、犬を散歩させてるオバサンが通りかかった。いつか、僕に向かって〈エレキを弾いてる不良〉と言い捨てたオバサンだ。

オバサンは、僕ら、特に金髪の真一を見ると露骨に嫌な顔をした。リードをつけている小型犬がこっちに来ようとすると、

「リサちゃん、ダメ！」と言ってリードを引っ張る。

「こういうときは、どうするの？」真一が小声で訊いた。

「こうさ」と僕。オバサンに中指を立て、アカンベェ。オバサンは、

「不良！」と吐き捨てた。犬のリードを引いてそそくさと歩き去る。

「さ、行こうぜ」と陽一郎。最後にスネア・ドラムを車に積み込んだ。


♪


スタジオに入った真一は、あたりを見回し、

「すごい……」とつぶやいた。

青山1丁目。〈ブルー・エッジ・レーベル〉の本社。その三階にあるAスタに入ったところだった。広く立派なスタジオに、真一は口を半開きにしている。

「日本で一、二を争うレーベルだからな」と僕。ギター・ケースから、フェンダー・テレキャスターを出した。

陽一郎は、もうドラムセットを組みはじめている。

涼夏は、少し緊張した表情……。

真一は、スタジオにあるギター・アンプやマイクを興味深そうに見ている。

真一を一人で葉山に置いてくるのは、少し気になったし、本人もスタジオを見たそうなので連れてきたのだ。

そのとき、プロデューサーの麻田が入ってきた。スマートフォンで話しながら歩いてきた。

「レコーディング・エンジニアの高田《たかだ》が、急性の盲腸？」

7　マイク、一本勝負

「やられたようだな……」
と麻田。スマートフォンをポケットにしまった。
「レコーディング・エンジニアが盲腸？」と僕は訊いた。麻田は苦笑い。
「たぶん、嘘だな。〈ZOO《ズー》〉に買収されたのかもしれない」と麻田。
〈ZOO〉は、〈ブルー・エッジ〉とライバル関係にあるレーベルだ。
最近、中国資本に買収されてから、〈ZOO〉はいろいろと汚い手を使ってくる……。
ミュージシャンやスタッフを、金で釣って引き抜くなどなど。
そして今回も……。

♪

麻田は僕らを見て、とりあえず、

「ご苦労さま」と言った。そして、

「音合わせといっても、エンジニアなしか……」とつぶやいた。

スタジオでは、陽一郎がドラムスのセッティングを終えている。

「せめてドラムスとギターぐらいは、録音しておきたいな……」

と麻田。スタジオの隅で、コード類を整理していた若い社員に、

「君は、佐野《さの》君だっけ」と声をかけた。20歳《はたち》ぐらいの彼は、

「はい」とうなずく。

「入社何年だっけ？」と麻田。

「あの、半年です」と佐野という社員。

「よければ、録音のセッティングをしてみるか？」と麻田が訊いた。

その佐野は、驚いた顔。少しすると、

「いや、自分はまだまだ……」と言った。あきらかに、びびっている表情。

音楽業界で知らない者はいないと言われるプロデューサーの麻田を前にしては、びびるのもうなずける。

「そうか……」と麻田は腕組み。そのときだった。

「あの……もしよかったら、セッティング、やらせてくれませんか？」という声。

真一だった。


♪


みんなが、真一を見た。

特に麻田は、少し驚いた表情で見ている。この子は？

僕が説明する。涼夏の弟で、この前までニューヨークで暮らしていたと……。

「へえ、涼夏ちゃんの弟さんね……」

「名前は」と陽一郎。〈チンイチ〉と言いそうなので、

「名前は真一、真実の真に一」と僕が言った。麻田はうなずく。

「で、君が録音のセッティングを？」

と麻田。真一の金髪には、全く驚いていない。なんせ、ここはレコード会社。髪を染めた若いやつなど、珍しくない。

僕は、説明する。真一が、ニューヨークで友人のバンドのセッティングや、機材の修

理をやっていた事を話した。

「その若さで……」と麻田。しばらく考え、微笑し、

「面白い、やってみてくれ。とりあえず、ドラムスとギターの録音セッティングを
……」と言った。

「本当ですか？」と真一。「実は、こんなスタジオでセッティングするのは初めてなんですけど」と言った。麻田は微笑したまま。

「なんにでも、初めてはあるさ。遠慮せずやってみてくれ」


♪


ドラムスの録音セッティングは、なかなか難しいと言われている。

タイコやシンバルの数が多いからだ。

真一は、スタジオにあるマイクを見て回っている……。

スタジオにあるマイクには、単一指向性のものが多い。これは、ある方向からの音をひろうマイクだ。

それに対して、全指向性のマイクもある。これは、周囲の音をすべてひろうものだ。

ある時期から、ドラムスの録音にはたくさんの単一指向性マイクを使うようになっていた。

タイコの一個一個、シンバルの一枚一枚に、単一指向性のマイクをセットしたりもする。

そんな場合は、15本以上のマイクを使う事になる。

陽一郎のドラムセットは、それほどタイコやシンバルが多くはないが……。

全部にマイクをセットしても、9本ぐらいだろう。

さて、真一がどんなマイク・セッティングをするか……。僕も、興味深く眺めていた。

♪

真一は、全指向性のマイクを一本手にした。それを見た僕は、へえ……と思った。

陽一郎も、そして麻田も、少し驚いた表情。ドラムスのセッティングに、全指向性のマイクか……と。

真一は、その全指向性のマイクをスタンドにセットする。スタンドをかなり伸ばす。

そしてドラムセットの真上、2メートルぐらいに、マイクをセットした。

「これでオーケイ」と言い、僕らを見た。

♪


「本気かよ……」と陽一郎。

けど、真一は真面目な顔でうなずいた。

マイクは1本だけ。ドラムセットを前にした陽一郎の斜め上にある。ほぼ、スネア・ドラムの真上だ。

僕らは、十代の終わり頃、インディーズ・レーベルからCDを出した事がある。そのときの録音。陽一郎のドラムセットに、8本をこえるマイクがセットされたのを思い出していた。

「マイク、一本勝負か……」と陽一郎。

いま、ドラムセットの上に1本だけセットされたマイクを麻田がじっと見ている。が、何も言わない。

録音の知識が全くないのか、逆に、何か意図があるのか……。

誰もみな、それを判断しかねているような雰囲気だった。

そうしてる間にも、真一はギター・アンプの前に単一指向性のマイクを1本セットした。

「哲っちゃんのギターはこれでオーケイ」と言った。

♪

真一にからかわれているのか、これが真一のやり方なのか……。

「まあ、やってみようか」と僕。テレキャスターを肩に吊った。

今日やる予定の曲は〈Over The Rainbow《オーバー・ザ・レインボー》〉。涼夏のための練習曲だ。

それを、ゆったりした8《エイト》ビートでやろうとしていた。

調整室にいる麻田が、いわゆる卓《たく》を操作している。

「じゃ、いってみようか……テイク1《ワン》」という麻田の落ち着いた声が、スタジオの中にも響いた。

僕と陽一郎は、〈いくか〉とアイ・コンタクト。

陽一郎が、スティックを軽く鳴らして合図。

1《ワン》、2《ツー》、3《スリー》、4《フォー》……。

僕はピックでテレキャスの弦を軽く弾《はじ》く。

C……Em……F……G7……4小節のイントロ。

そして、Cではじまる伴奏のコード。

涼夏は、少し離れたところで歌詞をごく小さな声で口ずさんでいる……。


♪


やがて曲のラスト。

Cのコードが、スタジオの壁に吸い込まれていくように消えた……。

「オーケイ」という麻田の声が響いた。

僕はテレキャスターをギタースタンドに置いた。陽一郎も、ドラムセットから立ち上がる。

涼夏や真一とともに、防音扉を開けスタジオから調整室に出ていく。

麻田が、卓のスイッチを操作する。

調整室のモニター・スピーカーから、いま録《と》ったものが再生されはじめた。

♪


最後のコードCが、ゆっくりと消えていく……。僕らは、それを聞いていた。

麻田は、腕組み。何か、考えている。

僕も陽一郎も、無言。

なんだろう……。何か、うまく言えないものが胸の中にある……。

そのときだった。

「ダメだよ。ここは、関係者以外立ち入り禁止だから」

という声。佐野という新米《しんまい》社員の声だった。

僕らは、ふり向いた。一人の老人が、立っていた。ゴムゾウリを履き、ショートパンツに両手を突っ込んでいる。

「ほら、出ていって」と佐野が老人に言った。

そのやり取りに麻田がふり返った。そして、

「……会長……」とつぶやいた。

8　あんた、葉山の沖でヨットを走らせてないか？

「会長？」と佐野。
「ああ、うちの創業者で、いまは会長のアオハタさんだ」と麻田。若い佐野に、
「君はもういいから、ほかのスタジオの掃除でもしてなさい」と言った。
佐野は、口をパクパクさせ、
「失礼いたしました！」と一礼。調整室を出ていった。その後ろ姿を見て、
「バイトか？」とアオハタという老人。
「いえ、入社半年の新米で、失礼しました」と麻田。
「そうか。確かに、ここにはしばらく来ていなかったからなあ……」とアオハタ老人。
麻田は、僕らを見回し、
「いまはじまった楽曲づくりのメンバーです」とアオハタに言った。

僕は、アオハタをちゃんと見た。年齢《とし》は、70歳ぐらいか。痩《や》せ型で背が高い。何より目立つのがその陽灼けだ。顔も手足も深い色に陽灼けしている。白いTシャツに、薄手のパーカー。ショートパンツをはき、足元はゴムゾウリ。髪はほとんど白いが、その眼には強い光がある。

古い言葉でいえば〈眼光鋭い〉というところか……。

「もしかして、〈ブルー・エッジ〉という社名は、アオハタから?」

僕は訊いた。彼は、ニヤリとした。

「その通り。私の苗字《みようじ》〈アオハタ〉は、青に端《はし》っこという字だ。つまり青い端、ブルー・エッジさ」と言った。僕を見て、

「確か、3年ほど前にインディーズからCDを出した牧野哲也君だね」と言った。

「へえ、知ってるんだ……」と陽一郎。

「ああ、ビリー・アイリッシュがグラミー賞を独占して人気が爆発した頃だったたな。麻田君からの情報で君らのCDは聴かせてもらったよ。悪くなかった」と青端。

「ところで、いまテスト録音してたのが気になる。もう一度、聴かせてくれないか。終わりのところしか、聴いてない」と青端。

麻田がうなずき、卓を操作した。録音がリプレイされはじめる。青端は、そばのソファーに腰かけ腕組み。目を閉じた。

♪


リプレイが終わった。青端は、目を閉じたまま、

「ドラムセットは、なかなかいい組み合わせのようだな。タイコは、ソナー。シンバルは、パイステかな……」

と言った。僕と陽一郎は、思わず顔を見合わせた。

確かに、陽一郎が使っているタイコ類は、SONOR《ソナー》、シンバル類はPAISTE《パイステ》。

ともにヨーロッパのメーカーで、一流のものだ。

けれど、青端はスタジオを見ず、音を聴いただけでそれを言い当てた。

ただものではない……。


♪

「そんな事より、気になったのがマイクのセッティングだな」

と青端。立ち上がる。防音ガラスの向こうのスタジオをじっと見た。そして、
「ほう、全指向性マイク1本で、これを、録ったか……」
とつぶやいた。そして、
「これをセッティングしたのは？」と訊いた。
麻田が、「彼が……」と言い、真一の方を見た。
青端は、うなずいてじっと真一を見ている。
「訊いていいかな？　君はなぜ、マイク1本のセッティングに？」
真一は、少し緊張した表情……。
「これが、聴いてて一番気持ちいいから……」と答えた。
青端は、5秒ほど微笑して、ゆっくりとうなずいた。麻田に向かい、
「この子を、つかまえておけ。絶対に他社に持っていかれるなよ」と言った。

♪

30分後。
「ビートルズも？」僕らは、同時に訊き返していた。

僕らは、一階のカフェから来た物を飲みはじめていた。

青端は、ビールを手に、

「あれは、この会社を立ち上げて間もない頃だ。私は、勉強のためにイギリスに行ったよ」と口を開いた。

「いろんなスタジオを見て、いろんなプロデューサーたちに話を聞いた」

「……」

「そんなある日、スタジオの壁に、ビートルズが録音してる最中のモノクロ写真が何枚か飾られてた。彼らが、〈抱きしめたい〉や〈シー・ラヴズ・ユー〉など、初期のヒット曲を連発してる六〇年代の写真らしかった」

と言い、ビールでノドを湿らす。

「その録音風景にドラムスのリンゴ・スターのものもあった」

「……」

「その写真では、マイク1本でリンゴのドラムスを録音してた。いまと同じ。全指向性のマイクをドラムスの上にセッティングしてね」青端は言った。

「素朴きわまりない録音だが、その頃にリリースされたビートルズの曲たちは、いまも世界中で聴かれ愛されている」

と言い僕らを見渡し、

「その事を忘れちゃいけない」と言った。

麻田は、穏やかな表情でうなずいている。

「私がこの〈ブルー・エッジ〉に入ろうかどうしようか迷っているとき、当時は社長だった青端さんからそのエピソードを聞かされて、決めたんだ。ここで仕事をしようと……」と言った。

僕らは、うなずいていた。

「リンゴのドラムセット、シンバル2枚だけだしな……」と陽一郎がつぶやいた。

当時のビートルズのライヴ映像を観ると、確かにリンゴのシンバルは2枚だけだ。

今どき、高校生のバンドでもシンバル3枚以上が当たり前なのに……。


♪

「ある頃から、音楽づくりが、機材や録音テクニックに頼り過ぎてる気がするんだ」と青端。

「マイクを何本使うのもいい、最新式のデジタル機材でそれをいじくり倒すのもいい。だが、それだけでいい楽曲が出来ると思ったら大間違いだ」と言った。

麻田が、微笑しながら聞いている。

「そんな大間違いをして出来た楽曲が、世の中に垂れ流されていて、そこそこ人気だという。そんな時代にうんざりして、私は社長の座をおりたんだが……」と青端。

ビールをひと口……。

「しかし、いま録音したような音を聴くと、まだ引退したのは早かったかなとも思うな……」とつぶやいた。

「そうですよ。まだ現役のプロデューサーでやるべきだと思いますが」

麻田が、ジン・トニックを手にして言った。そして、

「ヨットもいいけど、現場に戻ってきてくださいよ」とつけ加えた。

その、〈ヨット〉という言葉を聞いたときだった。

「あ……。あんた、もしかして葉山の沖でヨット走らせてないか？」と陽一郎が青端に訊いた。

そう言えば、陽一郎はさっきから青端の顔をやたら見ていた。

「ああ、ヨットを逗子《ずし》マリーナに置いてある。葉山の沖もよくクルージングするが……」と青端。

「やっぱり……。どこかで見た顔だと思ったら、このじじい……」と陽一郎が言った。

♪

「あれは、確か2カ月ほど前だったな……」と陽一郎。その日、やつは漁に出ていたという。マヒマヒを狙って、相模《さがみ》湾の沖でルアーを流していたらしい。

「いい潮が入ってたんで、大型のマヒマヒが釣れそうだったんだ」

潮と潮がぶつかる、いわゆる潮目が出来ていたという。

「いつマヒマヒがヒットするか、こっちは期待してた」と陽一郎。

そのとき、一艘のヨットが見えたという。

「30メートルほど離れたところで、ルアーを曳きながらトローリングしてた」と陽一郎。

「その10秒後、そのヨットにマヒマヒがかかって、釣り上げちまったのさ」と吐き捨てた。さらに、

「しかも、釣り上げたヨットのやつは、こっちに向かって笑いながら手を振ってやがった」

「それが？」と僕。

陽一郎は、青端を指差し、「このじじいだ」と言った。

青端は、愉快そうに笑い、

「あのときの下手な漁師が、もしかしてお前さんだったのか」と言った。

「もしかしなくても、おれさ」と陽一郎。

麻田が説明する。陽一郎は、葉山で代々続く漁師の息子。そして、うちのバンドのドラムス・プレイヤーである事を……。

青端は、笑顔で聞いている。

「まあ、トローリングでどのルアーに魚がかかるかなんて運しだいではあるが」と言い、またビールをひと口。

「だが……いま聴いたドラムスのセッティングやプレイは悪くない。お前さん、下手な漁師なんかやめて、音楽に専念したらどうだ」と言った。

「余計なお世話だよ、このクソじじいが……」

と陽一郎。青端は、また愉快そうに笑った。

「〈ブルー・エッジ〉創業者の私に向かって、クソじじいか……」

そして、プロデューサーの麻田を見た。

「麻田君、私は思うんだが、最近の若い連中は、なんであんなに大人しいんだ。大人しいというか、若いのに変に丸いというか、覇気《はき》がないというか……」

と言った。麻田は、うなずいた。

「確かに。最近入社してくる若い連中には、なんの手応えも感じない事が多くて……」

とつぶやいた。

「だろう？　この漁師の若造みたいに尖《とが》ったやつがいるか？　いないだろう」と青端。

「……それって、褒《ほ》めてるのかけなしてるのか、はっきりさせてくれよ」

と陽一郎。青端は微笑し、

「まあ、褒めてると思ってくれ。確かに、お前さんのドラムスは悪くないからな」と言った。


♪

「ところで」と青端。麻田を見た。

「いま録った音源を、もう一度聴かせてくれないか」

「もう一度？」と麻田。

「ああ、彼女の歌声も聴きたいんでね」と青端。片隅にいる涼夏を見て言った。

「わたしの声？」と涼夏。

僕も、少し驚いていた。涼夏の声は入っていないはずなのに……。そう胸の中でつぶやいた。

けれど、麻田は平静な表情でうなずく。卓の操作をはじめた。

9 ナイス、おちょくり

モニター・スピーカーから音が流れはじめた。

スティックを鳴らす陽一郎の、合図《カウント》。

そして、僕が弾くCのコード。〈Over The Rainbow《オーバー・ザ・レインボー》〉の伴奏が、ゆったりと流れはじめた。

青端は、腕組みをし、目を閉じている。麻田も、じっと宙を見つめている。

やがて……。

スピーカーから流れるその微《かす》かな歌声に気づいた僕の腕に、鳥肌が立っていた。

ギターとドラムスの演奏。そこに隠れるように、かすかな歌声が聞こえていた。

よほど耳をすまさなければ聞こえない声。

それは、涼夏がただ無心に口ずさんでいる〈オーバー・ザ・レインボー〉……。

ドラムスから3メートルほど離れたところで、歌うともなく口ずさんでいた曲。
それを、ドラムスの上にセットした全指向性のマイクがひろっていたのだ……。
その微かな歌声を、青端は聞き逃さなかったらしい。
やはり、ただものではない……。
いまも、青端は腕組み。じっと目を閉じ聴いている……。

♪

やがて、雨が地面に吸い込まれていくように、再生が終わった。
青端は、ゆっくりと目を開いた。そして、
「ミネラル・ウォーターだな……」とつぶやいた。麻田がうなずいた。
「一切の混じり気がない歌声……。すごく久しぶりに聴きましたね」と麻田が言った。
いまの録音に涼夏の歌声が入っていたのは、麻田にもわかっていたようだ。
僕らには、ミュージシャンとしてのプロ意識はある。
そして、麻田や青端のような、録音にかかわるプロたちの凄みも、僕は実感していた。
青端は、ちらりと涼夏を見て、

「彼女はオーディションで？」と麻田に訊いた。

「いえ、彼女、涼夏ちゃんは牧野哲也君のイトコで、たまたま……」

と麻田。青端は、うなずいた。

「たまたま発見したか……。そう軽く言っているが、この歌声に着目するとは、さすが麻田君だな」と青端はつぶやいた。


♪


「1年以内にデビュー？」

と麻田が訊き返した。青端は、うなずいた。

「君からきた山崎唯《やまざきゆい》の楽曲は聴いたよ」と青端。

「彼女はうちのレーベルらしいミュージシャンだ。その唯がまもなくデビューして、1年後ぐらいには人気が定着しているだろう」と言った。

麻田が、うなずいた。

「その頃、彼女をデビューさせるのがいいように思う。いまから8カ月から1年以内だな」と青端が涼夏を見て言った。本人の涼夏は、少し緊張した表情……。

♪


「まずは、曲を作らなきゃな……」

僕は、車のステアリングを握って涼夏に言った。

青山の〈ブルー・エッジ〉から葉山に戻るところだった。

高速道路から、横浜の街が見えている。みなとみらいのホテルやビルに、夕陽が照り返している。

そんな風景を横目に、僕はさっきの光景を思い出していた。

あの青端は涼夏に微笑し、

「いい曲を作ってね」と優しく言った。そして、麻田を見て、

「最近、世の中に流れている曲は、セカセカして落ち着きがなさ過ぎる。自信のない人間がやたら早口で喋《しゃべ》ってる感じだな」と青端。

「そういう曲がいいという連中は、放っておけばいい」

そう言い、また涼夏を見た。

「彼女のデビュー曲は、一見地味でもいいから、聴く者の心に沁《し》みわたっていくような

ものがいいと思う」と言った。

その1時間後だった。スタジオを出ていくとき、麻田が僕にささやいた。

「涼夏ちゃんのデビュー曲には、青端さんがエグゼクティブ・ディレクターとしてかかわるそうだ」

「へえ……」僕は思わずつぶやいた。麻田は微笑し、

「72歳でのカムバックだな……」


♪


僕は、そんな事を思い出しながらステアリングを握っていた。

あの青端が、涼夏を見る目はとても優しかった。それまでは鋭い眼光だったのが、春の陽射しのような優しい視線になっていた。

そして、涼夏のデビューに、自《みずか》らかかわるという。

そこには、何か、特別な想いがあるような気もする。

なんだろう……。僕は胸の中でつぶやき、高速道路の行く手をじっと見ていた。

カーステレオからは、CCRの〈雨を見たかい〉が軽快に流れている。

♪


そいつが来たのは2日後だった。

午後4時過ぎ。店のドアが開いた。二十代に見える男の客が入ってきた。

中古CDの整理をしていた涼夏が、

「いらっしゃい」と言った。

店の中では、真一がギターの修理をしていた。

GIBSON《ギブソン》のレス・ポール。つい昨日、修理の依頼をされたものだ。

かなりのヴィンテージ・モデルだが、その分、中の配線が劣化していた。

その修理を、僕は真一にやらせていた。真一は、喜んでそれをはじめていた。

入ってきた男の客は、店の中を見回している。

カウンターにいた僕は、さりげなく、そいつを見ていた。

背は高い。髪は短く刈っている。ハードロック・カフェのTシャツを着て、スリム・ジーンズをはいている。

けれど、そのジーンズは似合っていなかった。

♪

ジーンズは、不思議なものだ。毎日のようにはいている人間と、そうでない人間の微妙な違いが、感じられてしまうのだ。

いま店に来た客の体には、ジーンズがなじんでいなかった。

ここに来るために、慣れないジーンズをはいてきた。そんな感じだった。

そいつは、店内を見回している。

レス・ポールの修理をしている真一もちらりと見た。

けれど、金髪で出来損ないのロッド・スチュワートには目をとめない。

特に何を見るというわけでもなく、やつは店内をうろついている。

「何か？」僕は訊いた。

「あ、まあ、いろいろ……」と言った。その目に落ち着きがない。やつは、並んでいるギターの弦を見た。

「弦を？」と僕。「まあ、そろそろ弦を張り替えようかと……」とやつ。

「で、ギターは何を？」

と訊くと、やつの表情がうろたえた。その視線が泳いだ。

あたりを見回す。たまたま、フェンダー・ストラトキャスターの中古が売り物として近くにあった。それを見て、

「あ、フェンダーを使ってて……」と言った。

僕は、並んでいる弦の中から一つを取り、カウンターに置き、

「これなんか、いいと思うけど」と言った。

それは、ウクレレ用のナイロン弦だった。やつは、それをちらりと見て、

「あ、良さそうだね」と言った。そして、

「じゃ、もらおうか」と言い財布を出した。弦のパッケージには、有名なウクレレ・ビルダー〈Ｋ《カ》ＡＭ《マ》ＡＫ《カ》Ａ〉の文字が入っているのに……。


♪


「偵察だな……」

僕はつぶやいた。真一もうなずき、

「フェンダー・ストラトキャスターを使ってるはずなのに、ウクレレの弦を買っていく

とはね……。哲っちゃん、ナイス、おちょくり」と言った。

「とりあえず、この店にお前がいないかどうか、偵察に来たらしい」と僕。「横浜のマンションの張り込みが無駄かもしれないとそろそろ気づいたのかな？」僕は言った。

ウクレレの弦を買っていったやつが、店を出ていったところだ。

その5秒後。シナボンが店に入ってきた。

中学・高校時代からのバンド仲間だ。

「よかった、シナボン。いま出ていったやつを尾行してきてくれないか」と僕は言った。

「いま出ていったって、ハードロック・カフェのTシャツ着たやつか？」とシナボン。

「そうだ」

「了解」シナボンは、早足で店を出ていった。

10　心がビンボーなやつほど、いい服を着たがるのさ

「アウディ？」僕は訊き返した。

あのジーンズ男の尾行をしたシナボンが、3分ほどで店に戻ってきたところだ。

「100メートルぐらい先の路肩に、アウディが停まってた」とシナボン。

「運転席には男が待っていて、やつはそれに乗って走り去ったよ」と言った。

「ハードロック・カフェのTシャツに、アウディは似合わないな」と僕は苦笑い。

「で、どんなアウディだった？」

「シルバー・グレーのセダン。品川ナンバーだった」とシナボン。

「シルバー・グレーのセダン。お前が乗ってたやつと同じか……」

「まあな」とシナボン。

♪


シナボンと、僕や陽一郎は、葉山の小学校から高校まで一緒だった。

そして、バンド仲間でもあった。

シナボンの父親は、横須賀で大きな外科の医院を経営しているので、経済的には恵まれていた。

やつの苗字が、品田《しなだ》。そしてお坊っちゃん、つまりボンボン。

なので、小学5年の頃から、僕らはやつをシナボンと呼んでいた。

そのシナボンは、最近までアウディに乗っていたのだ。医大生の分際《ぶんざい》で……。


♪


「で、いまのハードロック・カフェ野郎は何者?」とシナボン。

「まあ、ゆっくり話すよ」と僕。

「了解。ちょうど良かった。これから、ナツキのうちでタコ焼きをやろうと思うんだ。みんな来いよ」

「タコ焼き？」と涼夏が訊いた。

「ああ、今日はタコが大漁だったんだ」

とシナボン。彼の恋人であるナツキは漁師の娘で、本人も腕利きの漁師だ。

「久しぶりのタコ焼き、いいね」と涼夏。僕は、真一にふり向く。

「お前も、タコ焼き、好きだったよな」と言った。真一は、修理していたレス・ポールから顔を上げ、

「うん」とうなずいた。シナボンが、その真一をちらりと見た。

「あの金髪のガキ、バイトか？」と小声で僕に訊いた。

「真一だよ、涼夏の弟の」と僕。

「え？　あのチンイチ？」とシナボン。また涼夏が吹き出した。真一の別名チンイチは、僕らの仲間みんなが知っている。

「まあ、事情はゆっくり話すよ」僕はシナボンに言った。


♪

「アウディに乗ってたやつが、いまはチャリか……」

僕は、シナボンに言った。シナボンは自転車を押しながら、

「大学生がアウディに乗ってた方が不自然だった、それだけの事さ」と言って微笑した。

遅い午後。僕らは葉山の海岸通りを歩いて、ナツキの家に向かっていた。

いまは真夏。海岸通りには、水着姿の海水浴客も多い。

いまも、ビキニ姿のティーンエイジャー3人とすれ違った。真一が、ちょっと気になる様子で振り返っている。

16歳のガキでも、やはり男の子だ。

「そのど派手な金髪じゃ、ナンパは無理だぜ」と僕。涼夏も笑っている。

葉山の海岸通りを、夏の潮風が吹き抜けている。


♪


「どうした」と僕は真一に言った。

「こういう家が珍しいのか?」訊くとうなずいた。

葉山・鐙摺《あぶずり》漁港からすぐ近く。ナツキの家があった。コンクリートブロックの簡単な塀《へい》。門などはない。

平屋で、かなりくたびれた日本家屋。玄関のわきには、使い古したタコつぼなどが積んである。昔ながらの漁師の家だ。

真一は、もの珍しそうに、そんな家を見ている。

シナボンが玄関を開けた。すると、いい匂いが鼻先をかすめた。

入ってすぐに居間と台所があり、ナツキがタコ焼きの下準備をしていた。

彼女は19歳。ショートカットにしていた髪は、伸ばしはじめ、後ろで束ねている。

顔はもちろん、Tシャツやショートパンツから出ている手脚も、ココアのような色に陽灼けしている。

海岸町の少女だ。

そんなナツキがはにかんだ笑顔を見せると、真っ白い歯が輝く。特に、シナボンと恋人になってからは、笑顔を見せる事が多くなったようだ。


♪


「お前さ、やっぱり、医者になるのやめてタコ焼き屋になった方がいいよ」

僕はシナボンに言った。

シナボンは、リズミカルに金属の串を動かしてタコ焼きを作っていた。その動作は、正確だった。

医大生としてオペのトレーニングを積んでいる成果だと、本人は言っているが……。

真一が、僕の耳元で、

「シナボン、医大に入ったんだよね」と訊いた。

真一がニューヨークに発《た》った中学1年の頃、シナボンはもう医大の1年生。

僕らとやっていたプロ志向のバンド活動はとっくにやめ、医大で勉強していた。

「おれは確かに医大に入ったが、それがどうかしたか？　タコ焼き作りが、上手すぎるか？」

笑いながら、シナボンが真一に言った。

「それもあるけど、シナボン、なんか変わった……」と真一。

「昔はボタンダウンのシャツにブレザーとか着てたのに、いまはそんな格好で……」と言った。

いま、シナボンは襟《えり》ぐりが少し伸びた〈げんべい〉のTシャツを着て、色落ちしたサーフパンツをはいている。

真夏とはいえ、やたら深く陽灼けしている。医大が夏休みのいま、ほとんど毎日のように、ナツキの漁を手伝っているのは僕も知っていた。

「格好なんて、どうでもいいじゃないか。心が貧しいやつほど、いい服を着たがるものさ」とシナボン。

「おれの事より、チンイチどうしたんだよ、その金髪は。ニューヨークに行くと、みんなそうなるのか？」笑いながら言った。

「まあ、その話はゆっくりするとして、一杯やろうぜ」

僕は言った。冷蔵庫から、ビールを出す。

♪

「あ、匂いが違う……」と涼夏がつぶやいた。

目の前に、タコ焼きが置かれたときだった。

「いままでもいい匂いがしてたけど、もっといい匂い……」

と涼夏。視力に障害がある分、聴覚や嗅覚は、人並みすぐれていいのだ。

すると、シナボンがタコ焼きを作りながら、

「出汁《だし》が、変わったのさ」と言った。

「出汁？」と僕。

確か、ナツキのタコ焼きには以前からカツオ出汁をたっぷり使っていた。だから、美味《おい》しいのだけれど。

「出汁が変わったの？」と涼夏。

「ああ、出汁をとるためのカツオ節が最近は自家製なんだ」とシナボンが言った。

「カツオ節を作ってるのか？」

少し驚いて、僕はナツキに訊いた。

ナツキは、いつも通り、恥ずかしそうな表情を浮かべた。それでも、

「この春に、カツオを30本ほどもらって……」と口を開いた。

「春ってことは、初ガツオ？」と涼夏。ナツキはうなずいた。

「お父さんと仲がよかった漁師さんから、初ガツオを沢山もらって、それでカツオ節を作ったの……」とごく控えめな口調で言った。

漁師だった彼女の父親は、交通事故に遭い、もういないのだけど……。

「へえ……カツオ節を自分で……」と涼夏がつぶやいた。

すると、シナボンが台所からカツオ節を1本持ってきた。それを僕らに見せ、

「おれも手伝って作ったんだ」と言った。市販のカツオ節にも劣らない、いやそれ以上の出来に見えた。真一が、それをじっと見ている……。

「カツオ節、初めて見るのか?」と僕。真一は、うなずいた。

「うちのお母さんは、ほとんど料理しなかったから……」と涼夏。少し寂しそうな口調で言った。

やがて、真一は目の前のタコ焼きをひと口食べ、

「美味《おい》しい……」と言った。

「あのさ、チンイチ。男の子は〈美味しい〉じゃなくて〈美味《うま》い〉って言うんだ」シナボンが笑いながら言った。


♪


「3500円のビーフカレー食ってたやつが、カツオ節作りか……」

僕は、シナボンに言った。

午後6時半。

タコ焼きは、一段落。僕とシナボンは、家の縁側でバーボンのオン・ザ・ロックを飲んでいた。

ナツキと知り合う前のシナボンは、典型的なお坊っちゃん。

よく女子大生の彼女とゴルフに行っていた。そのゴルフ場のクラブハウスでの昼食。

３５００円のビーフカレーを食べていたという。

「それが、いまじゃカツオ節作りか……」

また僕はつぶやき、バーボンをひと口。シナボンは、グラスを手にうなずいた。

「どうやら、こっちの方が性に合ってるみたいだ……。まっとうに生きてるっていうかさ……。ナツキと出会ってなきゃ、知らなかった生活だけどな」とつぶやいた。

僕も、うなずいた。口笛で、〈For Once In My Life《フォー・ワンス・イン・マイ・ライフ》〉を軽く吹く。

あのスティービーが歌った、人生でただ一度の恋……。

「ナツキ、本当にいい娘《こ》だな……」と僕。

「ああ……」とシナボン。照れもせずに答えた。

「絶対に離すなよ」

「もちろんさ」とシナボン。「もしお前が、１９６６年製の極上のヴィンテージで傷ひとつないフェンダー・テレキャスターを手に入れたら、手離すか？」

「絶対にありえない……」と僕。

「そういう事さ」

僕らの笑い声が海風に運ばれていく。シナボンのグラスに、今日最後の陽射しが光っている。

庭の隅では、浜エンドウが咲いている。ナツキを思わせる可憐な赤い花が、微かな潮風に揺れている。

♪

「ん？……」僕は、路肩に停まっているその車を見て、胸の中でつぶやいていた。

11　西部警察がやってきた

1台の車が停まっていた。

ナツキの家がある細い路地。そこから、車が通れる道に出たところだった。

日本車らしい地味なセダンが、エンジンをかけたまま停まっていた。

僕らが路地から出ていくと、その車はライトをつけゆっくりと動き出した。

あたりが暗いので、どんな人間が乗っていたかは、わからない。トヨタらしいその車は、遠ざかっていく……。

僕は、それを見ていた。こんな何もない道に、エンジンをかけて停車しているのが、少し不自然な感じだった。

さっき、ハードロック・カフェのTシャツを着た野郎が偵察をしに店に来た。

その事に関係していないとも限らない。

遠ざかっていく車のテール・ライトを、僕はじっと見ていた。

♪

「シナボン、彼女の家に泊まってるんだ……」

歩きながら、真一が確かめるように言った。

僕、涼夏、真一は、ナツキの家を出て楽器店に帰ろうとしていた。

ゆっくりと、夜の海岸通りを歩いていた。

「ああ。シナボンは、ほとんどナツキの家に泊まってるな」

僕は言った。シナボンは、もう一緒に暮らしている感じだった。

「そうなんだ……」と真一。お坊っちゃんだったシナボンが、古ぼけたナツキの家に泊まっている。その事が、真一には気になるようだ。

♪

「おれたちがナツキと出会ったのは、もう1年以上前。去年の5月頃だったな」

僕は口を開いた。

「その頃のナツキは、大変な状況だった」

不慮の交通事故に遭い、漁師の父親は死亡。彼女も後遺症のムチ打ちで、指先を動かしにくくなっていた。

「で、彼女が得意だった真鯛釣りが出来なくなってたのさ」と僕。

「真鯛……」真一がつぶやいた。

「それまでのナツキは、釣り竿を使わない手釣りで、値段の高い真鯛を釣っていた。それで生活を支えていたようだったな……」と僕。

「ところが、ムチ打ちで指先の感覚が麻痺してしまった。大切な鯛釣りが出来なくなって、生活にも困るようになっていた。おれたちがナツキと出会ったのは、そんなときだった」


♪


夜の海岸通りを、オープンのポルシェがゆっくりと走り過ぎていく。

「そこで、医大生だったシナボンは、ウクレレを使ったリハビリで彼女の指先を治そうとしたんだ」

「ウクレレ……で、それは?」

「結果的に、上手くいった。彼女の指先はもと通りに動くようになった」と僕。

「へえ……。シナボン、優しいんだ……」と真一。

「まあ……それには一つの理由があってね……」並んで歩いている涼夏がつぶやいた。

僕は、説明を加える。

ムチ打ちになったナツキは、シナボンの父親が経営している横須賀の外科医院に行った。

けれど、その医院の主な患者は有名スポーツ選手など。

最新の機器で高度な治療をするが、治療費は高い。

当時の彼女は、そんな治療費が払えないので、あきらめた。

ナツキは、高校3年。治療をあきらめて、医院を出たという。

寒い日だったらしい。小雪がちらつく中、肩を落として帰っていくセーラー服の姿を、たまたまシナボンは見ていた。

一種、同情に似た感情を胸に……。

「そんな事があって、ウクレレを弾《ひ》かせるっていう素朴なリハビリで、ナツキの治療をしはじめたのさ」僕は言った。

「結果、ナツキさんの指は完治したの。そうしてるうちに、二人の間には恋愛感情が生まれてね……」と涼夏。

それ以上の説明は不要だろう。

「そんなこんなで、父親との関係がこじれた事もあって、シナボンはいまナツキの家で暮らしてるのさ」僕が言い、真一がうなずいた。

少し涼しくなってきた夜の海風が、歩いていく僕らを包む。

すぐそばの森戸《もりと》海岸から、打ち上げ花火がシュルシュルと上昇していく……。そして乾いた音。見上げる夜空に、紅《あか》い花が咲いた。


♪


「真一を二階の部屋に？」

と涼夏が訊いた。〈しおさい楽器店〉に戻ったところだった。

いま、真一は楽器店の隅にある古いソファーで寝ている。

けれど、何やら怪しいやつらが偵察に来た。たぶん、真一の父親から依頼されてきたのだろう。そんな連中が、また来ないとも限らない。もしかしたら、荒っぽい手を使うかもしれない。

なので、真一を一階に寝かせておくのは考えものだ。

「で、二階の部屋で寝かせる?」と涼夏。僕は、うなずいて、

「涼夏の部屋で寝かせるのがいいと思う」と言い、涼夏が、うなずいた。

「じゃ、新しいシーツを用意するわ」と言い、二階に上がっていった。


♪


「ぼくも二階の部屋で寝る?」と真一。

「ああ……」と僕。

「何やら、物騒な状況になってきたからな。お前も二階で寝た方がいい」

僕は言った。店の隅にある冷蔵庫から、BUDを出した。ノンアルコール・ビールも出し、真一の前に置いた。

「ぼくは、どの部屋で?」と真一。

「涼夏の部屋を使え」僕は言い、BUDをひと口。

「涼姉ちゃんは？」

と真一が訊いた。僕は、グラスを手にしばらく無言でいた……。そして、

「涼夏は、おれの部屋で寝る。最近は、そうしてるんだ」と言った。真一を見た。それを聞いてどんな反応をするか、気にはなった。

けれど、真一の表情はなぜか変わらなかった。


♪


「涼姉ちゃんが哲っちゃんを好きなのは、わかってた」と真一。ノンアルコール・ビールのボトルを手にして言った。

「わかってた？」

「ああ……以前から」

僕も真一も、しばらく無言でいた……。

「あれは、涼姉ちゃんが中1で、ぼくが小学校6年の頃だった」

真一が、口を開いた。

「横浜の家だったな……。たまたま姉ちゃんのスマホが洗面所に置き忘れてあって……。

その待ち受け画面を見たら、そこに哲っちゃんの写真があったんだ」

「おれの？」

「そう。楽器店の片隅でギターを弾いてる画像が、待ち受け画面になってた」

「……」

「姉ちゃんが哲っちゃんを好きなのは、なんとなく気づいてたから、たいして驚かなかった……」と真一。

「おれと涼夏は、イトコ同士だけど、それは気にならないのか？」と訊いた。真一は、うなずき、

「気にならないよ。イトコ同士が、恋愛も結婚も出来るって事は知ってるし……」と言った。

今度は僕がうなずいた。ＢＵＤのボトルをゆっくりと口に運ぶ。

真一は、想像以上に成長しているのかもしれない……。

真名瀬の砂浜から、微かな波音が聞こえていた。


♪

その男がやって来たのは、2日後だった。
午後4時半。店のドアが開いた。一人の男が入ってきた。
40歳ぐらいだろうか。背が高く、がっしりした体格。
濃紺のスーツを着て、髪は短めに刈っている。
もみあげは、長めにのばしている。
そして、濃いレイバンのサングラスをかけていた。なので、眼の表情は見えない。
確か昔のドラマ〈西部警察〉か何かに出ていた渡哲也《わたりてつや》のキャラクター……。それを、
間違いなく意識しているようだ。
僕は、カウンターの中にいた。
そして、店の奥では一人の少年が背中を向けてギターを手にしていた。名前は大樹《だいき》。
葉山の子だが、逗子の高校に通っている。
大樹はバンドをやっている。
それまで国産の安物ギターを弾いていた。けれど、いい物が欲しくなったらしい。
いまも、店の隅で中古のストラトキャスターを膝にのせている。ヘッドフォンをして
軽く弾いていた。

店に入ってきた渡哲也もどきは、僕と向かい合う。

「牧野哲也さんだよね？」と、低い声で言った。

〈おや、渡さん。同じ哲也とは偶然で……〉と、おちょくってやろうかと思った。が、ジョークが通じるやつには見えなかった。

もちろん、楽器店の客にも見えない。

〈私は隙《すき》がないタフな人間だ〉〈なめるなよ〉と、その顔つきで表現しようとしている。

この前来たハードロック・カフェ野郎が、おちょくられた。なので、兄貴分が出てきたのだろうか……。

「こういう者で」とその男。上着のポケットに片手を入れた。

さて、警察手帳が出るのか、拳銃でも抜くのか……。

12　ガサ入れ？

けれど、やつが出したのはぺなっとした一枚の名刺だった。
その名刺をカウンターに置いた。

〈エコー調査事務所〉
調査員　近藤勇造《こんどうゆうぞう》

そして住所と電話番号が印刷されていた。
事務所の住所は、川崎市の高津区《たかつく》。
「調査……」と僕はつぶやいた。

昔は〈探偵社〉、そのあとは〈興信所〉と言っていたのが、いまは〈調査会社〉と名乗っている。それは、知っていた。

「調査……。国勢調査とか？」と僕はとぼけた。

渡哲也もどきの近藤という男は、表情を変えない。

「あなたの叔父《おじ》にあたる牧野孝次氏から、連絡はきてるよね。息子の真一君の件で」

と近藤。僕は、うなずき、

「真一が、行方不明になっているとか」と言った。近藤は、うなずいた。

「そこでうかがいたいんだが、真一君から何か連絡とかは？」

僕は、首を横に振った。

「何も」とだけ言った。近藤は、しばらく無言……。

「そうか……。では、もし真一君に関する手がかりが何かあったら、我々の方に連絡をもらいたいのだが」と言った。

「父親に連絡する前に、そちらに？」

近藤は、

「牧野孝次氏は多忙でニューヨークを離れられない。我々は、牧野氏から真一君に関する件を委任《いにん》されている」と言った。

そして、目一杯ドスをきかせた声で、

「その辺はよろしく」

と言った。口調はていねいだったが、有無を言わせぬ押しの強さを演出していた。

「なるほど」と僕はうなずいた。

「では、よろしく」と近藤。店を出ていくとき一瞬振り返り、ギターを弾いている大樹の後ろ姿をじっと見ていた……。

そして、やや肩をいからせ店を出ていった。


♪


「なんか、レイバンかけたハードボイルドなおっさんが出ていかなかったか？」

と陽一郎。入れ替わりに店に入ってきた。

「ああ、渡哲也もどきだ」と僕。

「チンイチの件がらみか？」

「そうらしい」

「で、あのおっさん、太陽にほえたか？」と陽一郎。

「いや、ほえなかったな」

「じゃ、45口径をぶっぱなしたとか？」と陽一郎。

僕は苦笑い。

どうやら、僕らの頭の中で、往年のテレビドラマ〈西部警察〉や〈太陽にほえろ！〉あたりが、ごちゃまぜになっている。

僕らが生まれるずっと前のドラマだ。ＢＳの再放送などで、観たか観ないか……。

それも思い出せないのだから、仕方ない。


♪


キッチンに、アジフライを揚げるいい匂いが漂っていた。

昭次が定置網で獲《と》ってきたアジ。

それをさばいて、陽一郎がフライにしていた。

「あのハードロック・カフェ野郎で失敗したんで、今度は強面《こわもて》のおっさんが来たわけだ」

と陽一郎がフライを揚げながら、言った。

「まあ、そんなところだろう」と僕。「だが、気になる事もある」

「そいつは？」

「さっきあの西部警察が来たとき、高校生の大樹が店にいたんだ」

「ああ、あいつか。さっき奥でストラトをいじってたなあ」と陽一郎。

「その大樹を、西部警察がじっと見てた。それが、気になる」

「大樹のやつを、チンイチかもしれないと誤解した？」と陽一郎。

「あり得るな」僕はうなずいて言った。アジフライを食べていた真一が、顔を上げた。

「その大樹って子、ぼくに似てるの？」と訊いた。

「顔は似てない」と僕。「しかも、後ろを向いてギターをいじくってたから、西部警察は顔を見てない」

「それじゃ？」と真一。

「まあ、背格好とか、いかにも高校生らしい雰囲気は、金髪になる前のお前に似てるかもしれない」

僕は言った。

あの男が、ほんの3秒ほどだけれど、大樹の後ろ姿をじっと見たのを思い出していた。

「まあ、用心した方がいいな。大樹を真一だと勘違いして、何かしてくるかも……」

「ガサ入れか？」と陽一郎。

「ああ、西部警察だからな」と僕はビールをひと口……。


♪


サクッという音。涼夏がウスターソースをかけたアジフライをかじって、

「美味しい……」とつぶやいた。

「そりゃ、さっきまでそこの海で泳いでたアジだから」陽一郎がそう言ったときだった。

僕のスマートフォンが着信音をたてた。

かけてきたのは、プロデューサーの麻田だった。


♪


「会長が？」僕は訊き返した。

「そうなんだ。会長の青端さんが、契約の事で、涼夏ちゃんや哲也君と折り入って話し

たいと言ってる」と麻田。

「青端さんは鎌倉在住だから、直接君の店に行きたいそうだ。いまご本人に替わるよ」

そして、

「ああ、青端だ。この前はお疲れ様。いま麻田君が言ったように、契約の件で、明日でも君の店に行きたいのだが」

「それはいいけど……」と僕は答えた。

涼夏と〈ブルー・エッジ〉の契約となれば、シカトは出来ない。

「ところが、この真夏の鎌倉から葉山は道路がひどく渋滞してる」と青端。

「そこで、ヨットで君の店まで行きたい」と言った。

「ヨットで？」

「ああ、店は真名瀬漁港の近くだね」

「まあ……」

「それなら、真名瀬漁港の岸壁にヨットをつけたいんだ。で、あのドラム叩きの彼に話を通してもらえるかな？」

と青端。漁港の岸壁に船をつけるには、漁師の許可がいる。

僕は携帯をスピーカーモードにした。
「ドラム叩きの漁師なら、いまここにいるから替わる」と言い、
「ほら」と陽一郎にスマートフォンを渡した。
「こちら、下手くそな漁師。爺《じい》さん、なんの用だ」と陽一郎。
明日、真名瀬の岸壁にヨットを舫う、その話が交わされる。
「いちおう、岸壁には漁船しかつけられない事になってるんだが」と陽一郎。
「涼夏ちゃんとの契約に関する用事なんだ。そんな堅《かた》い事を言うなよ」と青端。
陽一郎は、軽くため息……。
「しょうがない。岸壁につけていいよ」と言い、通話を切った。
「相変わらず、わがままな爺《じじ》いだ」と苦笑いしながらつぶやいた。

♪

翌日の昼過ぎだ。
「エンジン音……」と言った。
「あ……」と涼夏がつぶやいた。そして、

「エンジン音？　漁船の？」と僕。

涼夏は、首を横に振った。

「漁船のじゃない。もっと小さいエンジン」と言った。

僕らは、店の中から、窓ガラスごしに外を見た。

店の前は、バス通り。その通りから石段を下りると真名瀬の砂浜。

さらに100メートルぐらい先に、小さな真名瀬漁港がある。

一艘のヨットが防波堤の先端をかわして、漁港に入ってくるところだった。

40フィートぐらいのヨット。

いま帆《セイル》はたたんで、機走、つまりエンジンで走っている。

小型のディーゼルエンジンでプロペラを回し、ゆっくりと漁港に入ってきた。

漁船とは違うそのエンジン音を、涼夏の耳がききわけたらしい。

やがて、ヨットは着岸した。青端らしい男が、手際よくヨットを岸壁に舫う。

それが遠目に見えた。

僕らは、ちょうどパンを食べているところだった。旭屋で買ってきたパンにポテトサラダをはさんで昼飯を食べていたところだ。

僕は、ポテサラのパンを食べ終える。店のドアを開けた。
青端を迎えに、漁港の方に歩きはじめようとした。
けれど、〈おや……〉とつぶやき足を止めた。
青端は、もう岸壁からこっちに歩きはじめていた。うちの店に来るのは初めてのはず
なのに、迷わず、店の方に歩いてくる……。
不思議なことに……。

13　天使が泣いている

七十代とは思えない、しっかりとした足取りで、青端は歩いてくる。まっすぐ、うちの店にやってきた。店の入り口にいる僕と涼夏に、「やあ」と言った。陽灼けした顔から、白い歯を見せた。

僕らは、店に入った。青端は、ゆったりとした足取りで店に入る。落ち着いた視線で、店内を見まわしている。

僕はまた、〈おや……〉と思った。

店内を見まわしている青端の表情からは、好奇心というより、懐かしさのようなものが感じられたからだ。久しぶりに来たというような懐かしさが……。

もちろん、気のせいかもしれないが……。

♪


「3年契約?」僕は、思わず訊き返していた。

青端の口から出たのは、〈涼夏との3年契約〉という言葉だった。

そして、青端はポケットから一枚の紙を取り出した。

「いちおう、これは仮の契約書なんだが……」と言い、テーブルに広げた。

僕は、それにざっと目を通した。涼夏と〈ブルー・エッジ〉が、向こう3年間にわたって専属契約をかわすという内容だった。

視力の悪い涼夏に、僕はその内容を説明した。微かにうなずきながら、涼夏は聞いている……。やがて、

「でも……なんで、わたしにこんな……」とつぶやいた。


♪


「天使の泣き声?」僕は、訊き返した。青端は、うなずいた。

「プロデューサーの麻田君から、その事は聞いていた」と青端。

「彼女の声は、歌っているんじゃなく、泣いているように聞こえるとね……」と言った。

「澄んだ高音で歌う女性シンガーは、いくらでもいる。でも、涼夏ちゃんの声は、そうじゃないと麻田君は言っていた」

「………」

「そして、今回録音した山崎唯の〈マンハッタン・リバー〉、その音源を私も聴いたよ」

腕組みをして青端は言った。

「唯の歌声のあとに、リフレインで入ってくる涼夏ちゃんの〈Believe《ビリーヴ》〉のフレーズ、あそこだ」

「………」

「ビリーヴ、つまり〈信じている〉という歌詞だが、彼女が歌うと〈なんとか明日を信じたいんだけど、でも……〉という切なさが感じられて、心が揺さぶられる」と青端。

「私も長く音楽業界で仕事をしてきたけれど、こんな歌声を聴いたのは初めてだよ」と静かな声で言った。

僕は、微かにうなずいた。

涼夏は、約2年前、砂浜での落雷という事故に遭い、視力を大きく損なった。

けれど、母親や弟は、その直後、予定通りニューヨークに発ってしまった。

ニューヨークの父親も、涼夏に対して、これまで誠意があると感じられる対応はしてこなかった……。

そんな事も含めて彼女が感じている孤独感や哀しみは、誰にもわからないほど深いのかもしれない。

そして、その哀しみが歌声にあらわれている……という事なのだろうか……。


♪


「そこに、簡単でいいからサインを」と青端。契約書の隅をさした。

目の悪い涼夏にかわり、僕が保護者として、仮契約のサインをする事になった。

「問題ないよな？」涼夏に訊くと、こくりとうなずいた。僕は、契約書にペンを走らせた。それを見ていた青端が、

「私もこの年だ。人生で最後に発掘する新人という事になるようだな……」

とつぶやき微笑した。

♪


「ほう、ノイマンか……」

青端が真一の手元を見てつぶやいた。

店の奥では、真一が何かやっている。どうやら、マイクをいじっているようだ……。

僕もそっちに行く。真一は、少し大きさがあるコンデンサー・マイクを分解していた。

そして、あらためて作り直しているようだった。

それを見て青端が、〈ノイマンか……〉とつぶやいた。

確かに。真一が分解しているマイクは、ドイツ製の〈Neumann《ノイマン》〉。世界でも最高峰といわれるマイクだ。

「でも……中古品だから……」と真一。

「ニューヨークのソーホーにある、ジャンク品の店で見つけたもので……」とつぶやいた。

そうか……。僕はうなずいた。

真一がニューヨークから背負ってきたデイパック。その中に、小さ目の段ボール箱があった。そこに入っていたのは、このマイクや部品だったらしい。

そんな真一の手元を見た青端が、

「その端子《たんし》は、ゼンハイザーのものかな……」とつぶやいた。

〈Sennheiser《ゼンハイザー》〉も、ドイツ製のマイク。やはり、プロがよく使う一流品だ。

真一は、うなずき、

「これも、ジャンク屋で見つけた中古品で……」とつぶやいた。

相変わらず、黙々と手を動かしている。

確かに、真一の手元にあるマイクや部品は、古びていた。

所どころに、錆《さび》も出ている。

「しかし、驚いたな。ノイマンとゼンハイザーの部品を組み合わせて、オリジナルのマイクを作るつもりなのかな？」と青端。真一は、うなずき、

「ニューヨークにいたとき作りはじめたんだけど……途中で……」

と言葉を呑み込んだ。マイクを作ってる途中で、家出をする事になったのだろう。

「そうか……」と青端。「で、君が作ろうとしてるマイクって、どんなものなのかな？」

と訊いた。

動かし続けていた真一の手が、ふと止まった。

♪


「涼夏の？」

僕は、思わず訊き返していた。真一はうなずいた。

「このマイクを作りはじめたときは、漠然《ばくぜん》と世界で一番クリアに声をひろうマイクを……と思ってたんだ」

そこで言葉を切った。

「だけど、この前、スタジオで涼姉ちゃん、いや姉さんの歌声を聴いたとき、わかった」

「……わかった？」と青端。真一は、うなずいた。

「姉さんの、あの高くて澄んだ声を、完璧にひろえるマイクを作ってみたい……。たとえ音圧《おんあつ》が低い歌声でも、心の深いところまで届いてくる、そんなマイクを作りたい……そう決心したんだ」

と半ば口ごもりながら言った。

♪


真一が手を止めて涼夏を見た。

「姉ちゃん、いや姉さん、覚えてるかな？」

「……何を？」と涼夏。

「ぼくの11歳の誕生日のとき」

「……ああ、10月の後半にしては寒い日だったわね」

「そう。横浜の街でも、街路樹が紅葉しはじめてて……」

「……思い出した……。あんたと二人だけで誕生日を過ごしたっけ」涼夏が言った。

その日の事は、僕も初めて聞く。

涼夏が、ぽつりぽつりと話し出した……。

父親は、ドイツに出張していて不在。

「で、母さんは陶芸教室」と真一。

真一たちの母親は、名門の聖心女子大を出ている。そして、結婚してからは、いろいろなカルチャー・スクールに通っていたらしい。

「自分を高めるために……」と真一。少し皮肉をこめた口調……。

その日、お母さんは、陶芸教室の仲間たちとの個展を開催した初日で、その会場に行っていたという。

「息子の誕生日だってのに、陶芸の個展……」

と涼夏。半ばあきらめたような口調で言った。

「これでバースデー・ケーキを買ってって、わたしにお金を渡してね……」

と軽く苦笑した。

「で、バースデー・ケーキは？」と僕が訊いた。

「いちおう、夕方、近くのスーパーでそれらしいのを買って窓際のテーブルでお祝いしたわ」と涼夏。

「そのとき、ラジオから流れてきた曲、覚えてない？」真一が、涼夏に訊いた。

「ラジオ？」

「ああ。ぼくが初めてFMも入るラジオを、自分で完成させたんだ」

「……あ、そういえば……」と涼夏。

「そのラジオを適当にチューニングしてたら、どこかのFM局から、〈アメイジング・

グレース〉が流れてきたんだ」と真一。涼夏もうなずいた。

「……そうだった……」

「誰か男性シンガーが歌ってたんだけど、姉さんは1《ワン》オクターブ高い声で、その曲を口ずさんでた」

涼夏は、またうなずいた。「……そうね……」

「あのとき聴いた姉さんの歌声は、高くて、すごく澄んでた」と真一。

「高く澄んでた、それだけ？」と青端が訊いた。真一は、しばらく考える……。

「少し寂しそうだったかも……」とつぶやいた。

涼夏が、軽くため息をついた。

「……そうかもしれない。親がいるのにいない誕生日が、寂しかったんだと思う……」

とつぶやいた。そして、

「そんな誕生日を過ごしてる弟のあんたが、可哀想だと感じたのも覚えてるわ」と言った。

僕は、ふと想っていた。

街路樹が色づきはじめた秋の街。マンション八階の窓辺。見渡す横浜のホテルやビルは、夕陽に染まりかけている。

そんな風景を前に、〈Amazing Grace〉《アメイジング・グレース》を口ずさんでいる涼夏の瞳は、どんな色をしていたのだろう……。

その澄んだ歌声は、どんな寂しさを漂わせていたのだろう……。

♪

「怪しいやつら？」

僕は訊き返した。ビニール袋を下げた陽一郎は、

「ああ、なんか変なやつらが店の回りをうろついてたぜ」と言った。

14　盗撮はよくないな

午後6時過ぎ。

夕方のシラス漁からもどった陽一郎が、店に顔を出したところだった。

「怪しい連中か……」僕はつぶやいた。

店の二階のリビング・ダイニング。陽一郎は、獲れたてで半透明の生シラスを器に盛った。

「お疲れ！」と言い、ビールに口をつけた。ショウガ醬油をつけた生シラスを口に入れ、ビールをぐいと飲む。

「で、どんなやつらだった」と僕。

「男が3人、みんな紺や黒のスラックスに半袖シャツ」

「西部警察か？」

「いや、渡哲也はいなかった」

「裕次郎《ゆうじろう》も？」

「ああ、ボスもいなかった。みんな下っ端みたいな感じだった」と陽一郎が言った。

「もしかして、税務署かな？」

「この店、税務署に目をつけられるほど儲かってるのか？」

「ほっといてくれ」僕は苦笑い。

「まあいいや。その連中は、明らかに怪しかった。一人が周囲を見張るようにして、二人が店の裏口の方を覗き込んでた」陽一郎が言った。

僕は、ビールのグラスを手にうなずいた。

まだ、真夏だ。昼間、店の周囲には海水浴の客たちが行きかっている。

そんな昼間に、いま陽一郎が言ったような連中がうろついていたら、ひどく目立つ。

「だから、夕方の時間を狙って偵察に来たのか……」僕は、つぶやいた。

「また、下着泥棒かなあ……」

と涼夏。生シラスをご飯にのせた。そこにショウガ醤油を少したらす。さらに、切った焼き海苔をちらして、シラス丼にした。

「美味しい……」と言いながら、食べはじめた。

「三人組の下着泥棒ってのも、なんか変だな」と僕。

「なんだかわからんが、まあ、充分に気をつけろ」と陽一郎。冷蔵庫から2缶目のビールを出す。


♪


「これもいるかな……」と真一。

5ミリ径のネジを手に取った。

翌日の午後。僕と真一は、横須賀にいた。

大きなホームセンターで、怪しい連中への対策に必要なものを調達していた。

うちの楽器店は、確かに小さい。けれど、有名ビルダーのギターなどは並んでいる。

フェンダー、ギブソン、マーチンなどなど……。

なので、いちおう戸締りには気をつけている。

バス通りに面したガラス窓には、閉店するときシャッターをおろしている。

もし誰かが侵入しようとしたら、一階の奥にある裏口を狙うだろう。

その裏口を守る仕掛けを、真一と相談しながら考えていた。ホームセンターの通路を歩きながら……。

真一が電動ドリルを見ているときだった。「おお、哲《て》っちゃん」という声。

ふり向くと野田《のだ》がいた。

横須賀中央にある〈シーガル・スタジオ〉のオーナーだ。もう60歳ぐらいだろう。白髪まじりの髪は、後ろで束ねている。

彼が押している台車には、壁に貼るボードが積まれていた。

「スタジオの壁もだいぶ傷《いた》んできたもんでな。明日から修理さ」

♪

「江本《えもと》？」僕は訊き返していた。江本は、顔見知りのギタリストだ。

以前は、〈横須賀ミサイル〉というやたら勇ましい名前のロック・バンドをやっていた。その頃は、よく〈シーガル・スタジオ〉で顔を合わせたものだった。

〈横須賀ミサイル〉が空中分解したあと、江本はスタジオ・ミュージシャンとして仕事をはじめた。

そこそこ弾けるギタリストだった。

〈ブルー・エッジ〉の仕事も、ときたまやっていたようだ。

つい数カ月前、江本がその〈ブルー・エッジ〉の仕事をすっぽかした。

急ぎの録音だったので、僕がそのピンチヒッターをやったのだけれど……。

「あの江本が何か？」と野田に訊いた。

「ドブ板通りの店でいざこざを起こして、警察ざたになったらしい」

「警察ざた？」

「なんでも、酔って店の客を殴ったとか」

「あいつは、酒がほとんど飲めないんじゃ？」

「おれもそう思うんだが、何があったのか……」と野田がつぶやく。

「江本、最近スタジオには顔を見せてないのか？」訊くと、野田はうなずき、「なんか噂を聞いたら知らせてくれないか」と言った。

♪

「まずまずかな」僕は言った。

怪しい連中を撃退する、その仕掛けが完成したところだった。

一番役に立ったのは、ギターの弦だ。

弦の張り替えを頼まれる事も多い。そのときギターから抜いた弦は、捨てるしかない。

店のゴミ箱には、そんなスチール弦が山ほどある。

それをつなぎ合わせて、店の裏口近くに仕掛けた。

人の膝の高さに、細い弦を張りめぐらせた。

夜なら、それに気づくやつはいないだろう。

誰かがその弦に脚を引っかけたとたん、すごい音が響きはじめる。

横須賀基地のアメリカ兵が売りにきた中古のＣＤラジカセ。

そのバカでかいラジカセを家の裏口にセットした。

張りめぐらせたスチール弦に誰かが脚を引っかけると、ラジカセのスイッチがＯＮになる。とたん、Ｊ《ジミ》・ヘンドリックスのヘビーな曲が、フルボリュームで響きはじめる。

葉山の町中に届きそうな、もの凄い重低音……。

その仕掛けを主に作ったのは真一だ。

「これで、たぶん怪しいやつらを撃退できるだろう。よくやった」と僕はその肩を叩いた。

♪

その夜、8時。僕らは、夕食にピッツァを食べていた。
陽一郎が持ってきたシラス。まず、生で食べ、余ったのは釜揚げにしておいた。
そのシラスをのせて香ばしく焼いたピッツァ。食べるときにバジルの葉を散らす。
昼間よく働いた真一は、そこそこ食べると眠くなったらしくベッドに……。
僕と涼夏は、ダイニングでゆっくりとピッツァを食べはじめていた。
部屋のミニ・コンポからは、ビージーズの曲が流れている。
僕は、ビールのグラスを片手に、
「しかし、真一は本当に器用だな……」とつぶやいた。涼夏は、うなずいた。
「わたしのサッカー用スパイクが壊れると、真一が上手に修理してくれたわ」
と言い、ピッツァをカリッとひと口……。
そうか……。幼稚園から小学生の頃、涼夏は活発なサッカー少女だった。
神奈川県の少女チームに入っていた。

葉山のこの家にも、ジュニア用のサッカー・ボールが置いてあった。

そして、ついこの前聞いた真一の誕生日のエピソードを、ふと思い出す……。

「姉弟《きょうだい》の仲は良かったんだな」と僕。涼夏は、軽くうなずき、

「両親があんなだったから、仕方なくっていう事情もあって……」

「親父さんも母さんも、自分ファーストか……」と僕。涼夏は苦笑い。

「そうね。お父さんは、仕事仕事。しょっちゅう海外出張……。お母さんも、あまり家にいなかったし……」とつぶやいた。

涼夏たちのお母さんは、陶芸教室だけでなく、いろいろなカルチャー・スクールに通っていたようだ。

フラワー・アレンジメント、ネイル・アートなどなど……。それで、あまり家にはいない。子供たちの食事は、主に通いの家政婦《かせいふ》さんが作っていた。

そういう状況は、涼夏から聞いた事がある。

「そんな家だったから、わたしが真一の世話をする事も多かったわね」

と涼夏。その頃をふり返る表情……。

「真一は、基本おとなしい子だったから、面倒な事は少なかったわ……」

「なるほど、優等生か……」

「そうね。でも……たまには、おバカな事をやらかしたけど」と苦笑いした。

「おバカな事？」


♪


「……あれは、わたしが中学1年で、真一が小学6年のときだった……」と涼夏。

「わたしが自分の部屋で着替えてると、ドアがほんの少し開いて」

「で？」

「真一が、隙間からスマホをこっちに向けてた」

「もしかして盗撮か？」

と僕。涼夏は、苦笑した。

「わたしが下着だけになってるところを撮《と》ろうとしたみたい。もちろん、すぐに首根っこを押さえたけど……」

「それって？」

「問いつめたら、同級生に頼まれたんだって……」

「同級生のガキか」

「そう、家が近くて、しょっちゅう遊びにくる男の子がいたの。よく、真一と一緒にゲームをしたりしてた」

「そいつが、盗撮をしろと？」

「そうらしい。その子は体が大きかったから、モヤシっ子の真一は命令されたみたい」

相変わらず苦笑したまま、涼夏は言った。

「名門小学校に通ってても、男の子はやっぱり男の子なんだと思ったわ」

僕も苦笑いし、

「しかし、盗撮はよくないな」僕は笑いながら言い、ピッツァをひと口。

15　僕が僕であるために

「で？」と僕。

「わたしがアカンベェをしてる画像をその子に送ってやったわ。〈担任の先生に報告されたくなかったら、もううちには来ないで〉って返信もつけて」

涼夏が言った。

「アカンベェか……」僕は、笑いながらビールをひと口。

小学6年のガキ……。女の裸などにひどく興味を持ちはじめる年ではある。

それはそれとして、涼夏が持っている独特の輝きを、あらためて感じていた。

よくタレント・スカウトなどで選ばれている少女は、大人の美人女優をただ小型にサイズダウンしたような子が多い。

涼夏は、そういう〈美少女〉ではない。

透けるような白い肌ではないし、鼻も高くない。

けれど、その年齢でしか持てない独特の何かがあるのだろう。

10歳のときは、10歳なりの……。

15歳のときは、15歳なりの輝きが……。

僕はふと、そんな事を思っていた。

ダイニングに、ピッツァの香りが漂っていた。ミニ・コンポからは、ビージーズの〈若葉のころ〉が流れている。

いまのところ、怪しい連中はやってこない。

ひとときの静寂……。このときの僕らは、あとあとやってくるシリアスな展開は予想もしていなかった。


♪


「え……」と真一が絶句した。

青端が店のテーブルに出したのは、2本のマイクだった。

「ノイマンのTLM170R、ゼンハイザーのMD421」と青端が言った。

それは、真一がニューヨークから持ってきた中古と同じ製品……。ただし、両方とも新品だった。

2日後。午後3時だ。

「すごい……」と真一。「これを？」と訊いた。

「自由にしていい。分解するのも、組み立てるのも」と青端。テーブルの隅にある古いマイクを見た。

「ジャンク品はジャンク品だ。それは置いておいて、これを使ってくれ」と言った。

真一は、まだ口を半開きにしている。

ゼンハイザーのＭＤ４２１は、10万円以内で買える。

けれど、ノイマンのＴＬＭ１７０Ｒは50万円近くするだろう。

「本当にこれを分解しても？」と真一。青端は微笑しながらうなずいた。

「もちろん」

♪

30分後。僕と青端は、店の前にいた。

今日、青端は車で来たらしい。店の前に、銀色のポルシェ911が停まっていた。

僕らは、その車にもたれて缶コーヒーを飲んでいた。

「最近のレコーディング・スタッフを見てて思うんだが、みな度胸がない」と青端。

「失敗はしたくない、そんな意識がみえみえなんだ」と言った。

「ひたすら無難？」と僕。

「そういう事。仕事のマニュアル通りにやるだけ。つまらない」と青端。缶コーヒーに口をつけた。

「しかし、あの子は面白い」

「真一？」

「ああ。マイク1本でドラムスの録音をしたり、世界の一流品と言われるマイクをばらしてオリジナルのものを作ろうとしたり……」

「自分の若い頃を思い出す？」僕はつぶやいた。青端は、軽く苦笑。

「まあ、そんなところかな？」


♪

「一つ、教えてくれないか」僕が言った。

「一つでも、二つでも」

「うちの店に来たのは、初めてじゃないと思うんだけど」僕は言った。青端が、こっちを見た。

「ギターの腕もいいが、勘も鋭いか……」


♪


「あれは、もう13年前の事になる」と青端。

道路の向こうに広がる海を眺めて、口を開いた。

「うち〈ブルー・エッジ〉で、一人の女性シンガーをデビューさせようとしていた」

「……」

「とても歌唱力がある25歳のシンガー・ソングライターだった。彼女が書いた曲で、デビュー・シングルを録音する事になった」と青端。

「そのため、第一線のバック・ミュージシャンを揃えた。ギタリストは……」

青端は、そこで言葉を切った。そして、

「ギタリストは、牧野道雄《まきのみちお》だった」と言った。

「……うちの親父……」

缶コーヒーを飲もうとした僕の手が止まった。

「ああ、君の親父さんだ。道雄は、当時のスタジオ・ミュージシャンの中でも一流とされていたからね」と言った。

「2週間かけて、録音は終わった。だが、そこで問題が起きたんだ」

「それは？」

「曲を試聴した営業の方から、クレームがついたんだ」

「クレーム……」

「ああ。曲の仕上がりが地味だ。もっとキャッチーで派手なアレンジに出来ないかというクレームだった」

と青端。空を見上げた。

「もっと受け狙いの曲に？」と僕。

「そういう事だ。当時、いわゆるJ-POPを出すレーベルは多くて、競争が激しかった。だから、そういう意見が出たんだな……」

僕は、うなずいた。

「会議を5時間6時間やっても、結論は出なかった。で、結局、その曲を担当していたMというプロデューサーに任せる事になった」

「……その結果は？」

「もっと派手なアレンジで、録音し直す事になった」と青端。目を細め、海を眺めている。

♪

空を2羽のカモメが、よぎっていった。

「結局、ギターのアレンジもやり直す事になった」

「で、親父は？」

「もっとキャッチーで派手なアレンジにと伝えると、彼は仕事をおりたよ」青端は言った。

「……プライドの問題？」

「いや、この曲をそういう仕上がりにするのは違うんじゃないか。それだけ言って、道雄はおりた」
「……らしいな……」僕は、軽く苦笑い。
「いよいよそのCDがリリースされる前の週、私はここに来た」と青端。
「この楽器店に？」訊くと、うなずいた。
「道雄と、ゆっくり話してみたかったんだ。仕事のギャラもまだ渡してなかったし
……」と青端。
「やっぱり……」僕は、つぶやいた。
勘は当たっていた。青端はここに来た事があった……。

♪


「あれは確か8月末で、葉山の町も静かになってきていた」と青端。

僕らがもたれている銀色のポルシェに、遅い午後の陽が照り返している。

「あのときも、こうやって店の前の道路で話したな……」

「親父と二人で？」

「ああ。そして、前にあるそこの砂浜に二人の子供がいた」

「二人？」

「そう。小学生ぐらいの男の子と、まだ小さい女の子だった。仲良さそうに、ビニールのボールを蹴って遊んでいた。道雄に訊くと、息子と姪《めい》だという」と青端。

「いま思えば、それは君と涼夏ちゃんだったんだな……」と言った。

13年前だとすると、僕は10歳。

涼夏は4歳。ちょうど、サッカーに興味を持ちはじめた頃だった。

「楽しそうにボールを蹴っている二人を眺めながら、私と道雄は話をした」と青端。

「あの曲をキャッチーで派手なアレンジにするのはいいけど、シンガー本人にはそれでよかったのかな？　道雄は、それだけ言った」

「それだけ？」

「ああ……。サラリとそれだけ言った。私が仕事のギャラを渡そうとすると、彼は静かな表情で首を横に振った。仕事を途中でおりたのだから、ギャラを受け取るわけにはいかないと……」

視界を、またカモメが1羽よぎっていった。

「なんてやつだと思ったよ」と青端。

♪


「なんて生意気な？」と僕。

「いや、その逆だな。私は、軽いショックをうけた。その潔《いさぎよ》さというか、凜《りん》と背筋が伸びた姿勢に……」と青端。僕は、前に広がる海を見つめ、

「僕が僕であるために……」

思わず尾崎豊《おざきゆたか》の曲名を口にしていた。尾崎の中古CDは、うちの店にも何枚か並んでいる。

「まあ、そういう事なんだろうな……」と青端。

「結局、道雄にギャラは渡さず私は帰ったよ。無理に渡す気にはなれなかったんだ」と苦笑した。

「……で、そのCDは？」

「翌週にリリースされたんだが、その結果に、私たちは驚かされた」

16　ニューヨークには、シラス丼がないよね

「新曲をリリースして最初の1カ月ほど、CDセールスは好調だった」と青端。

「まだあの頃は、配信サービスではなくCDのセールスが、売れゆきのバロメーターだったんだ」

「そうか……」僕はうなずいた。

「その曲は、1カ月でCD売り上げチャートの2位にまで昇りつめた。だが……」

「もしかして、失速?」と僕。

「ああ……。3カ月を過ぎた頃から、がっくりと売れ行きが落ちた。営業の連中も驚いて言葉を失ってた……」


♪

「あれは、クリスマスの頃だったな……。私とプロデューサーの麻田君は、会議室で長い間話し合った。その状況について」

と青端。海を眺めてつぶやいた。

「麻田君は、もともとそのキャッチーで派手なアレンジには反対していたんだが……」

僕は、うなずいた。麻田なら、そうだろう……。

「結局、受け狙いの楽曲づくりが聴き手にNO《ノー》と言われたんだな……」と青端。

「というより、受け狙いのあざとさが、聴き手にばれてしまった」

僕は言った。青端は苦笑い。

「さすが道雄の息子だな。鋭い。……その通り」

「おだてても、ダメさ」と僕も苦笑い……。

「そこで、私と麻田君は決心した。〈ブルー・エッジ〉の思い切った方向転換を……」

「方向転換?」

「ああ。悪い意味での〈ショービズ〉には、別れを告げる。売り上げのために楽曲を作るのではなく、いい楽曲を作った結果が売れ行きにつながると信じて……」と青端。

僕はうなずいた。麻田の口から、同じ事を聞いたのを思い出していた。

「まず、麻田君をチーフ・プロデューサーにすえ、全ての曲作りをコントロールできる体制にした」

「……その結果が、いまの〈ブルー・エッジ〉の好調に？」

と僕。青端は、うなずいて海を見た。

「そのかいがあって、現在うちからリリースしてる楽曲は、みなロングセラーになって、ミュージシャンの人気も長続きしている。信じた道は正しかったんだな……」とつぶやいた。

「私がそこまで大胆な方向チェンジをすると腹をくれた……その一因が、あの日ここで道雄と話した事だ。彼との話が、私の背中を押してくれた……。いまでもそう思っているよ」


♪


小型の漁船が、港を出ていく。夕方の漁に行くらしい……。

青端は、目を細めそんな光景を見ている。

「不思議な縁だな。13年前のあの日、この海岸で見た君、そして涼夏ちゃんと仕事をする事になるとは……」とつぶやいた。

僕は、微かにうなずいた。

今回、涼夏と顔を合わせたときから、涼夏を見る青端の視線には、独特の優しさが感じられた。

その理由が、いまわかった……。

「じゃ、青山のスタジオで会ったとき、すでに涼夏の事は知ってたわけだ……」

「ああ、麻田君から大まかな話は聞いていたよ。あの牧野道雄の姪《めい》を、ぜひともデビューさせたいと……」と青端。

「スタジオで会ったあのときは、偶然に出会ったようなふりをしていたけどね」と言った。そして、

「もちろん、あんな美しく切ない声の持ち主だったとは、まったくの予想外だったが……」

水平線を眺めて、青端はつぶやいた。


♪

「これから一緒に仕事をはじめるにあたって、涼夏ちゃんの事を少し訊いていいかな?」と青端。

「麻田君からもざっと聞いたが、涼夏ちゃんは落雷の事故で眼にダメージをうけたらしいね」

僕は、うなずいた。

「それにもかかわらず、彼女の親や弟はニューヨークに発ってしまったんだよね」と青端。

「まあ、簡単に言ってしまえば……」僕はつぶやいた。

あの日の事を思い出し、ポツリポツリと話しはじめた。

涼夏が中学2年の夏だった。

涼夏の父親が、大手商社のニューヨーク支店長になった。なので、家族全員でニューヨークに住む事に……。

父親はすでにニューヨークに行っていた。

その夏の終わりに、母親、涼夏、そして真一の3人が日本を発つ予定になった。

僕と涼夏は、別れを前にした言いしれぬ寂しさをかかえ、その夏休みを葉山で過ごした。僕らの間には、すでに淡い恋愛感情が芽生えていたのだろう……。
そんな夏休みが終わろうとしていたあの日。
僕と涼夏は、歩いて5分ほどの一色《いっしき》海岸でサッカーの練習をする事にしていた。
ところが、僕が海岸に行くのが少し遅れてしまった。
海岸に着くと雲行きがあやしくなり、グレーの雲間から雷鳴が聞こえてきた。
涼夏は、砂浜の隅にいてサッカーボールをリフティングしていた。
そのつぎの瞬間、涼夏の近くの砂浜に上げてあるヨットのマストに落雷！
彼女の体は、吹き飛ばされた。

♪

すぐ病院に運び込まれ治療が行われた。
が、落雷の閃光を眼にうけ、視神経に深刻なダメージをうけたという。
「視力を失わないまでも、相当に視力は落ちるだろう」と医師。
治療は、続いていた。
そんな状況で涼夏が入院しているにもかかわらず、母親は真一を連れてニューヨークに発った。真一を、9月から名門校に入学させる予定を、絶対に変えたくなかったらしい。

「そのときの真一君は？」と青端が訊いた。

「その頃のあいつは、気弱な12歳の子だったから、親に逆らうとか、何か主張するなんてとても無理だったと思う」僕は言った。

「なるほど……」と青端。

「それ以来ずっと、涼夏くんはこの葉山に……」

「ああ、見ての通りおれが面倒をみてる」

そう言うと、青端は何回かうなずいた……。

♪

風が涼しくなってきていた。

その海風をうけ、カモメが2羽漂っている。

しばらく何か考えていた青端が、やがて口を開いた。

「涼夏ちゃんは、確かに不幸な事故に遭ってしまった」

「……」

「それはそれとして、それまで彼女がこの葉山で生き生きと過ごしてきた日々などを考えると、ニューヨークのような大都会での暮らしが合っていたかどうか……難しい問題かもしれない」と青端。

「確かに……」と僕。

「それは、誰にもわからないけど……」とつぶやいた。

夏ミカンのような色に染まっていく海を見つめていた。

いま、一艘のヨットが沖をゆっくりと動いていく。マリーナを目指し、帰港して行くところのようだ。

「ヨットには行く先を教えてくれる海図があるが、人生ってのは、海図のない航海なのかな……」

青端がつぶやいた。

僕は、微かにうなずいた。頭上からは、チイチイというカモメの鳴き声が聞こえていた。

♪


「ずいぶん熱心に青端さんと話してたわね」と涼夏。

僕らは、夕食を終えシャワーも浴びた。その後、部屋でスイカを食べていた。

夜の10時過ぎ。

蒸し暑い夜だったので、冷えたスイカが美味かった。

「まあ、いろいろ話したよ」と僕は言った。

「どんな？」と涼夏。食べ終えたスイカの皮を皿に置いた。僕は、青端との話をダイジェストしてサラリと話す。

親父がレコーディングをおりた一件を話すと、

「道雄おじさんらしい……」涼夏は、つぶやいた。

「でも、そういうところ、哲っちゃんもあるし……」

「そうか？」

「照れなくてもいいけど、哲っちゃんでも、そのレコーディングはおりたと思う」

「……かもな……」

そんな話のラスト。

「そういえば、こんな話もしたな」

「どんな？」と涼夏。

葉山の海で、陽灼けし、砂だらけになって遊ぶのが好きな涼夏に、ニューヨークの暮らしが合ったかどうか……。そんな青端との会話を、サラリと話した。

涼夏は、しばらく無言でいた……。やがて、

「……たぶん、ダメだと思う」とつぶやき、

「まず、ニューヨークには、シラス丼がないよね」と笑いながら言った。僕も、つられて笑った。涼夏はしばらく無言でいた。そして、

「あと……」

「あと？」

「哲っちゃんがいない生活なんて、やっぱりダメだ……」と言い、僕の肩に頭をのせた。

僕が彼女の方を向くと、すぐ前に顔があった。涼夏は、目を閉じていた。

やがて、二人の顔が近づいていく……。そして、唇と唇が触れあった。

小鳥同士のような軽いキス……。1回、2回、3回……。

そして、本格的な口づけ……。

涼夏の唇は、さっきまで食べていたスイカの香りがした。甘く、そして青い夏の香り……。

キスがしだいに深くなる。お互いの息が熱くなっていく……。

そのときだった。

突然、家が揺れはじめた！

17　葉山の夜に、ジミヘンが叫ぶ

家が揺れたように感じた。

地震ではないが、すごい振動を体に感じた。窓ガラスも、ビリビリと振動している。

大音量でジミヘンの〈Purple Haze《パープル・ヘイズ》〉が響いていた。

何が起きたか、わかっていた。

一階裏口にセットしたでかいラジカセのスイッチが入った！

誰かが裏口から侵入しようとして、その手前に張りめぐらせたギターの弦に足を引っかけたのだ。

「ここにいろ！」

僕は涼夏に言った。部屋を出る。

隣りの部屋から、真一が飛び出してきたところだった。片手に工具のスパナを握っている。それを武器にするつもりなのか……。

僕らは、早足で一階へ！　裏口を開けた。

逃げていく足音が聞こえた。たぶん、2、3人。

僕らは、裏口から外へ出た。

薄暗がりの中、バス通りの方へ逃げていく人影。やはり3人だ。

すぐに、車のドアが閉まる音。そして、エンジン音。

僕と真一は、駆けていく。バス通りに出た。

タイヤの悲鳴！　急発進し、走り去って行く車が見えた。黒っぽいワンボックスとしか、わからなかった。

「ちくしょう、逃げられた」


♪


「こいつは……」

僕は、落ちているその工具を見てつぶやいた。

やつらが逃げていった5分後。

もう、ラジカセのスイッチは切ってある。懐中電灯をつけ、あたりを照らして回る。
そこに落ちていたのは、バールだった。
L字形の工具。
クギを抜いたり、壁を壊したりするためのものだ。
しかも、それはかなり大型。木造家屋の解体とかに使うものだった。
「逃げるとき、落としていったらしいな」

♪

「警察に届けるの?」と涼夏。
僕は、首を横に振った。
「無駄だろうな。重傷者や死人が出ない限り、警察は本気にならない」と言った。
高校生の頃から、横浜や横須賀の店で演奏してきた。
酔っ払い同士の喧嘩《けんか》など、しょっちゅうだった。
僕らが因縁《いんねん》をつけられ、喧嘩になる事もあった。
だが、よほどの怪我人が出ない限り、警察は本気で相手にしてくれない。

「そんなものだ」

明かりをつけた楽器店。僕はビールをひと口。やつらが落としていったバールを手にした。

「どうやら、これで裏口をこじ開けるつもりだったらしいな……」

真一もうなずいた。

「しかし、お前の居場所を探すためとはいえ、やり口が荒っぽいな」

僕はつぶやいた。

家出した息子の居場所をつきとめるため……。

それにしては、やり方があまりにも乱暴に思えた。堅気《かたぎ》の連中がやる事ではないように感じられた。

「……どうするの？」と涼夏。不安そうな顔をした。

「心配するな。相手はわかってる」僕は言った。

あの渡哲也もどきが置いていった〈エコー調査事務所〉という名刺を取り出した。

「ここがからんでいるのは間違いない」と僕。

「お前の親父から依頼されてると公言してるわけだからな……」

と言い、またビールをひと口。

「とりあえず、この調査事務所について調査するか」


♪

翌日。午後2時。鎌倉、流葉亭に入ると、

「いらっしゃい」と巖《ガン》さん。カウンターの中で、いつもの笑顔を見せた。

店には玉ねぎを炒めるいい匂いが漂っていた。昼時を過ぎているので、店に客はいない。

「若ですか？」と巖さん。僕は、うなずいた。

「徹夜で編集をしてたようで、二階で寝てます」と言った。

そのとき、アクビをしながら流葉が姿を見せた。

「おお、哲《てつ》」と言い、冷蔵庫を開けた。BUDの瓶を出し、ラッパ飲み。


♪

「ほう、息子の家出か……」と流葉。

30分ほどかけて、僕がいきさつを話したところだった。

流葉は、BUDを飲みながら聞いていた。

「確かに、バールで裏口をこじ開けるってのは荒っぽい。ど素人がやる事じゃなさそうだな」と流葉。

僕は、〈エコー調査事務所〉の名刺を流葉に見せた。

「西部警察か……。それは笑えるが、とにかく、この事務所がからんでるわけだな」

「ああ、たぶん……」

「確かに、裏社会の匂いがする……。となると、あのおっさんに調べてもらうかな」

と流葉。店の電話を手にした。

♪

「源《みなもと》組？　いや源不動産？」と流葉。

「親分、いや社長はいるかな？　流葉だ」と通話している。

しばらくして、相手が出たらしい。

「流葉だ。ちょっと調べてもらいたい事があるんだ」

相手が何か言っている。

「エコー調査事務所っていうんだが、どうも怪しい。素人じゃなさそうな匂いがする。そこを調べてくれるかな？」

と流葉。相手がまた何か言っている。

「わかったよ。天然の真鯛だな。用意できるだろう。じゃあな」

通話が終わった。流葉がこっちを見た。

「情報をくれるやつは、真鯛が食いたいとほざいてる。金じゃ動かない面倒なおっさんでな」と言って苦笑い。

「いつ鉛の弾をくらってくたばるかわからない。そこで、生きてるうちに美味いものを食っておこうってわけだ」

この前も、同じ事があった。

「天然の真鯛か。わかったよ」と僕は言った。


♪

「ちょうど良かった、明日から大潮だから」とナツキが言った。

大潮の日は、文字通り潮が大きく動く。干潮と満潮の差が大きい。そうなると、魚の喰いがよくなるのだ。

ナツキは、正確な潮の満ち引き時間がわかる〈潮見表〉というのをちらりと見た。

「午後の1時頃から3時頃が、一番潮が動くわ」と言った。

「じゃ、そこで狙うか」とシナボン。ナツキがうなずいた。


♪


「底潮《そこじお》が、かなり速く差してる……」

とナツキ。釣り糸を握って言った。海の底の方で、潮が大きく動いているらしい。

午後の1時過ぎ。

ナツキの小さな漁船に、シナボンと僕も乗って葉山の沖に出ていた。

ここの水深は、約60メートル。その海底に、真鯛が泳いでいる岩礁がある。

けれど、海中の潮流で、下ろした仕掛けは横に流される。へたをすると、15メートル以上流されるという。

その分を計算し、岩礁の上に仕掛けが降りるようにする必要がある。

ナツキは、左手に釣り糸を握りしめている。

そして、シナボンが操船している。

その様子を見て僕は、へぇ……とつぶやいていた。船をゆっくりと動かす、その動作がもの慣れていたからだ。

僕ら葉山で育った男は、たいてい船舶免許を持っている。

それにしても、シナボンの操船は慣れていた。

毎日のように、こうしてナツキの釣りを手伝っているのだろう……。僕は目を細め、そんな二人の様子を見ていた。


♪


もう8月の後半に入っている。

それでも、強い陽射しが海面を叩いている。

紺色に近い空。白い積乱雲が、クリームのように盛り上がっている。

釣り糸を握っているナツキは、汗をびっしょりとかいている。ポニーテールに結んだ髪。陽灼けしたその首筋や腕は、汗で濡れている。

「もう少しバック」とナツキ。シナボンは、船外機のギアを後進に入れた。船は、ゆっくりとバックしていく……。

「そんなものでいいわ」とナツキ。シナボンが、ギアを〈中立《ニュートラル》〉にした。

釣り糸を握っているナツキの表情が張りつめた。仕掛けが、うまく岩礁の上に行ったのだろう。

海鳥が1羽、低空を飛び去った。

その3秒後。ナツキの手が、素早く動いた。

その左手が、釣り糸を思い切りしゃくり上げた。

「かかった」

と冷静な声で言った。両手で釣り糸を握り、ふんばる。かなり大物がかかったようだ。

やがて、ナツキは力を込めて糸をたぐりはじめた……。

18　ヴーヴ・クリコは、欠かせない

「見えた」とシナボン。船べりから海面を覗いて言った。

ナツキが魚とやりとりをはじめて、もう20分は過ぎていた。やっと、魚が海面まで上がってきた……。

僕はもう、玉網《ネット》をかまえていた。

海面のすぐ下。桜色が揺れている。

真鯛が上がってきた……。

魚の口が海面から出た瞬間、僕はネットですくい上げていた。

シナボンが船底に濡れたタオルを敷いていた。僕は、魚をその上でおさえつける。

シナボンは、医者が手術で使うメスを手にしていた。

暴れかけた真鯛のエラの中に、シナボンはメスを差し込んだ。

正確な手つき。さすがは、外科医の卵だ。

あっという間に真鯛は動かなくなった。理想的な活きじめだ。真鯛は、自分がしめられたのにも気づかないかもしれない。

ナツキは、まだ荒い息をしていた。顔も首筋も汗でびっしょりと濡れている。

「よくやった」とシナボン。

「グッド・ジョブ」と言い、僕はナツキの肩を叩いた。

彼女の体からは、汗の匂いがしたが、それは決して嫌な匂いではなく、生命力そのものだった。

♪

「これはいい。極上ですね」

と巖さん。真鯛を見て、

「ほぼ3キロ……一番美味い大きさだ」と言った。

さすが……。5、6キロの大物を釣って自慢するアングラーがいるけど、それは素人だ。真鯛が最も美味いのは、2キロから3キロと言われている。

「このしめ方も見事。あと3ミリで急所をはずすところだけど、見事な正確さで刃先を入れてますね」

巖さんが言った。外科医の卵が手術用のメスでしめたとは、僕はあえて言わなかった。

流葉が、もう電話で話している。

「ああ、最高の真鯛が届いた。1時間後でどうだ」

相手が短く答える。

「わかった。ヴーヴ・クリコも用意してある」


♪


ジャスト1時間後。

流葉亭の前に、ブリティッシュ・グリーンのジャガーが停まったのが見えた。運転していた若い男が、リアシートのドアを開ける。

初老の男がジャガーからおりて、ゆったりとした足取りで店に入ってきた。

「元気そうだね、巖さん」とその男。

「源《みなもと》さんこそ」と巖さんが言った。

その源という男は、60歳ぐらいだろうか。

がっしりした体に、ひと目で上質とわかる夏物のジャケットを身につけている。

白髪まじりの髪。そして口ヒゲ。

渋いブルーのネクタイをしめ、メタルフレームの眼鏡をかけている。

一見、どこかの大学教授、あるいは銀行の役員……。

「やあ、爽太郎《そうたろう》」とだけ言い流葉と短い握手。流葉は僕を目でさし、

「彼が、天才ギタリストの哲也」微笑しながら源に言った。

「流葉君から噂は聞いてるよ。よろしく」と源。微笑して、僕と握手した。分厚く乾いた手。しっかりと力の入った握手だった。


♪


「うむ……」と源。真鯛を口に入れ、それだけ言った。

大きな青磁の皿に、淡い桃色をした真鯛の刺身が盛られていた。

僕らは、それを口に運び、ヴーヴ・クリコを飲みはじめた。

「ワサビは、いつも通り安曇野《あづみの》から取り寄せてるのかな？」

と源。巖さんが、自慢する様子もなく無言でうなずいた。

「これで、明日、鉛の弾をぶち込まれても、思い残す事はないだろう？」

流葉が笑いながら源に言った。


♪


「〈エコー調査事務所〉ってのは、半ばヤクザさ」と源。

「そこのボスは児玉《こだま》という男だ。だからエコーなんだ」と言った。

「そうか。児玉、コダマ、それでエコー」と流葉。苦笑いしながら言った。

「確かに笑えるようなネーミングだが、実態は笑えるようなものじゃない」と源。

「児玉は、もともと神奈川県警の刑事だった。暴力団対策の部署にいた」

「いわゆるマル暴ってやつか」と流葉がつぶやいた。源がうなずいた。

「ところが、よくある話で、マル暴の刑事だった児玉は、暴力団関係者と親しくなった、というより、それ以上の関係になった」

「…………」

「で、あるとき、やつが暴力団に警察の捜査情報を流している事が発覚した。当然、懲戒免職処分《ちょうかいめんしょくしょぶん》になった」

「………」

「失職から5年後、児玉はその調査事務所を作り自分がボスになった」と源。

「で、この事務所はどんなしろものなんだ」流葉が訊いた。

「表向きは調査事務所だが、実態はヤクザまがいだな」と源。


♪


「調査事務所に持ち込まれる相談ごとの8割9割は、浮気調査だ。知ってると思うが」と源。

「………」

「たとえば、Aという男が浮気しているらしいと、その妻から調査依頼があったとする。調べた結果、Aは浮気をしていた」

「………」

「まともな調査事務所なら、その事実を妻に報告して、決まった調査料を受け取る。だが、このエコーのやり方は違う」

「……」

「浮気をしていたAをゆするんだ。浮気の事実を妻に報告されたくなければ、金を出せと……」

「考えたな。ノーベル賞ものだ」と流葉が苦笑い。

「ああ。だいたい、浮気調査が依頼されるような場合には、夫が資産家だったり、会社の重役だったりする事が多い」

「で、そのゆすりが成立するのか」と流葉。

「そういう事。浮気の事実が妻にばれたら、妻から巨額の慰謝料などを請求されるかもしれない。それなら、エコーにそこそこの金を払って、浮気の事実をもみ消した方が安上がりだ」

「……」

「そうやって、あの調査事務所は稼いでるわけさ」

と源。鯛の刺身を口に入れ、ヴーヴ・クリコでノドを湿らせた。その動作は優雅だった。

♪


「で、そこではどんなやつらが仕事をしてるんだ？」と流葉。

「元ヤクザやチンピラさ」源は、あっさり言った。

「ある頃から、暴力団への締めつけが厳しくなって、解散した組も多い。そこにいて食いつめた連中を、児玉はスカウトして雇っている」

「……………」

「で、浮気調査だけじゃなく荒っぽい事も？」僕が訊いた。

「ああ、金になるなら、なんでもやるよ」吐き捨てるように、源は言った。

「なるほど……その事務所の実態はだいたいわかった。しかし、なぜ一流商社の人間が、そんな事務所と関係を……」

と僕はつぶやいた。

うちに来てエコー調査事務所を名のったやつは、真一の親父から依頼されたと言っていた。

♪

「……6年ほど前かな。その商社の東京本社の営業部長が浮気をしていて、エコーにゆすられたんだ」

「だいたい、シナリオが読めてきたな」と流葉。

「その部長は、エコーに金を払って浮気の事実をもみ消した。と同時に考えた。こいつらは使えると……」と言った。

「さすが爽太郎。鋭いな。だいたい、そんなところだ」と源。

「大手の商社といっても、裏では世間に知られたくない事もやっている。そんな時に、こういう連中が役に立つ」

「もみ消し、報道関係者への脅し、エトセトラ……」と流葉。源は苦笑い。

「そういう事だ」と言った。

「しかし、そこまでの情報をよく集めたな……」と流葉。

「簡単さ。去年までそのエコーにいたやつが、うちの組、いや会社に転職したんだ」

と源。苦笑い。ヴーヴ・クリコのグラスに口をつけた。

♪

翌日。午後の7時過ぎ。

「しかし、納得できない点がある」

僕は、スプーンを手にして言った。

晩飯は、イカのカレーだ。陽一郎がさっき獲れたてのヤリイカを持ってきた。今日は大漁だったらしい。

ヤリイカは柔らかく味が濃い。その身をぶつ切りにしてカレーにぶち込んだ。

そんなシーフード・カレーを、僕らはゆっくりと食べていた。

「納得できない？」と陽一郎。

「ああ……。真一の親父は、息子が自分に逆らって家出をし、日本に帰国してしまった、その事にひどく腹をたてた」と僕。

「そこまでは、わからないでもない。あの性格だし」と言った。

「まあな……」

「しかし、そんな息子を探すために、ヤクザやチンピラまがいの人間まで使うかな

「……」僕は、つぶやいた。

スプーンを持った涼夏も、〈うんうん〉という表情でうなずいた。

「親父にしてみたら、何がなんでも真一をとっつかまえたい特別な理由がある……。そんな風に思えてならない」

僕は言った。ビールのグラスを口に運んだ。

そのときだった。無言でスプーンを使っていた真一が、口を開いた。

「その理由は、たぶん、あれかもしれない……」とつぶやいた。

19　密談

真一は、うなずいた。ほとんど食べ終えたカレーの皿にスプーンを置く。

立ち上がり、自分の部屋へ……。すぐに戻ってきた。

手にしているのは、ＩＣレコーダー。それも、かなり小型のもの。シャツの胸ポケットに入れても目立たないほど小さかった。

「これ、ニューヨークから持ってきたの？」涼夏が訊くと、真一はうなずいた。

マイクや部品が入っている箱に入れて、持ってきたようだ。

「父さんの目的は、ぼくというより、このＩＣレコーダーかもしれない」

「あれ？」と涼夏。

♪

「あれは、ぼくが家出する3カ月ぐらい前かな」と真一。

「父さんの様子がなんか違ってきたんだ」

「違い？　どんな？」と僕。

「仕事がら、父さんのスマートフォンにはしょっちゅう電話がかかってくる」と真一。

「相手は東京の本社だったり、アメリカの取り引き先だったり」

「…………」

「僕や母さんがいるところでも、たいていは相手と話してた。いかにも仕事が忙しい事を自慢するように……」

と真一は軽く苦笑い。

「ところが、ある頃から、電話がかかってくると、自分の部屋に入って話すようになった」

「……聞かれたくない話か……」と陽一郎。

「そうみたいだった。それと同時に、一泊や二泊の出張が続くようになった」

「出張？　どこへ？」

「わからない。でも感じからして、国内。ワシントンとか、シカゴとかそんな感じだったな」と真一。

♪


「ある日、父さんは夜中過ぎに二泊の出張から帰ってきた」

「………」

「母さんやぼくがもう寝てると思ったらしく、父さんは風呂に入った。まだ起きてたぼくは、そっと父さんの部屋に入ったんだ」

「………」

「そこには、脱いだコートと、いつも持ってる革のブリーフケースがあった。ぼくがそれを開けると、このICレコーダーがあった」

「………」

「ぼくはその場でレコーダーを再生してみた。すると、父さんと誰かが英語で話してるのが録音されていた」

「誰か？」と僕。

「アメリカ人らしかった。中年の男の人……」

「ビジネスの話か？」

「そうなんだけど、ちょっと……」

「ちょっと？」と涼夏。

「会話の初めの方で相手が言ったんだ。〈この事が外部に漏れたら、お互い、非常にまずい事になる。それはわかっていますよね〉と言ったんだ」

と真一。ニューヨークで暮らしはじめて、約4年。そのぐらいの英語は、そこそこわかるのだろう……。

「……という事は、何かの密談か……」と僕。そのＩＣレコーダーを見て、

「とりあえず再生してみろよ」と真一に言った。


♪


真一がレコーダーの再生スイッチを入れた。

静かだ。どこか室内……。密談だとすると、ホテルの部屋かもしれない。

〈ミスター・マキノ〉という相手の声。話している一人は、間違いなく真一の親父だ。

二人は商談のような話をはじめていた。会話の中に〈ビーフ〉という言葉がときどき

出てくる。

「親父の商社は、アメリカの牛肉を日本に輸入する仕事もやってるよな」と僕。

「ああ……。アメリカから日本に輸出されてる食品で圧倒的に多いのは、牛肉やトウモロコシ。それは、よく知られてるし……」と真一。

僕らも、うなずいた。

レコーダーから流れている会話には、専門用語などが多い。

高校生の真一や、横須賀のアメリカ兵相手で覚えた僕らの英語では、詳しい内容まではわからない。

「ただ、〈外部に漏れたらまずい〉って事は、やばい密談らしいな」と僕。

「それがわかってて、これを持ち出したのか？」と真一に訊いた。

真一は、うなずいた。

「ぼくが家出したら、父さんは怒ってどんな手を打ってくるかわからない。だから……」

「親父の弱みかもしれない、このレコーダーを持ち出したわけか……」

と陽一郎。真一は、うなずいた。

「家出をする日、こっそりと持ち出したんだ。父さんのデスクから」

「デスク？」

「仕事をする部屋にパソコンなんかを置いたデスクがあって、その一番下の引き出しに、重要なものを入れてあるのは知ってたから」

「なるほど。引き出しに鍵は？」

「かかってたけど、わりと簡単に開けられるもので……」と真一。

この子の指先が人並みはずれて器用なのを、僕は思い出した。


♪


「もし、これが親父さんにとって重要な機密だとすると、説明がつくな」と僕。

「お前がこれを持ち出した事を知った親父は、東京本社に連絡した。で、やばい仕事もやるエコー調査事務所を使って、なんとか、取り戻そうとしてる」と言った。

「以前、父さんが電話で東京本社の誰かと話してた、〈相手が強硬手段に出てくるようなら、あの連中を使ってもいい〉って……」と真一。

「そのとき親父が口にした〈あの連中〉がエコー調査事務所なのかもしれないな」

僕は言った。

♪


「とりあえず、ここに録音されている会話の内容を、正確に知る必要があるな」

僕は言った。

そのときだった。僕のスマートフォンに着信。

かけてきたのは流葉だった。

「テレビCFと、新曲のミュージック・ビデオの編集が終わった。明日にでも見に来いよ」と流葉。

「わかった」と僕。

そして、思い出していた。流葉は、数年間、アメリカに留学したり、CFの仕事をしたりしていたらしい。

それなら、かなり英語が達者なはずだ。この録音の内容が正確にわかるかもしれない。


♪

流葉亭に入ると、いつも通りいい匂いが漂っていた。涼夏が、鼻をひくひくさせた。
「よお、哲」と流葉。カウンターで読んでいた文庫本を閉じ、
「ちょうどハンバーグの仕込みが終わったところだ。食うか？」と言った。
涼夏と真一が、大きくうなずいた。
「じゃ、よろしく」流葉が、カウンターの中の巖さんに言った。
「はい、ようがす」と巖さん。
昼過ぎのいま、店に客はいない。

♪

「こっちが〈レッド・ロック〉のテレビCF。10日後からオンエアーがはじまる」
と流葉。テーブルのパソコンを操作した。
あの空母の上で撮ったCFが液晶画面に流れはじめた。
山崎唯がピアノで〈マンハッタン・リバー〉を弾き語りしている、その横顔のアップ
……。
やがて、カメラは引く。唯とピアノ全体がフレームに入る。

そこで流れる男性のナレーション。

うまくやるって、
うまく生きるって、
そんなに大事ですか？

カメラはさらに引き、唯が弾き語りをしているのが空母の甲板だとわかるカット。背景には光る海……。
ラストにウイスキーの商品カット。
〈不器用なバーボン、レッド・ロック〉というナレーションで終わる。
美しく、心に刺さる30秒のCFだった。

♪

「あれがCFで、これが〈マンハッタン・リバー〉のミュージック・ビデオ」
と流葉。パソコンを操作する。画面に、演奏している僕らの姿が映る。

唯が中心だが、僕らバンド・メンバー。そして、涼夏の姿をカメラがとらえている。ドキュメント映像といえた。

演奏している僕らの表情や、ドラムスを叩く手先、ギターを弾く指先……。

さすがに、流れるような絶妙の編集がされている。

芸術家気取りの、わけのわからないミュージック・ビデオが多いいま、そのストレートな映像は気持ち良かった。

そして、サイド・ヴォーカルの涼夏を映した映像が、かなり多く使われていた。

「彼女を近々デビューさせると〈ブルー・エッジ〉から聞いてたしな……」と流葉が言った。

♪

「密談？」と流葉が訊き返した。

僕は、例のICレコーダーを取り出した。

そして、簡単に説明する。大手商社のニューヨーク支店長である真一の親父と、誰かが、どうやら密談をしてたらしいと……。

「それが、ここに録音されてるようだ。聞いてみてくれないか」と僕。

流葉は、うなずいた。ＩＣレコーダーを耳に近づけ、再生しはじめた。

♪

「確かに、これはやばいな……」

と流葉がつぶやいた。録音を聞き終わったところだった。

20　300万ドルぐらいで驚いちゃいけない

「それで？」と真一。

「おれにも聞き慣れない専門用語は少しはある。が、ほとんどのやり取りはわかった」

「で、それは？」と僕。

「アメリカ牛の輸出に関する密約だ」と流葉。

冷蔵庫からBUDを出しラッパ飲み。

「アメリカ牛を日本に輸出する、その取り引きは主に数社の大手商社がやっているようだ」

「………」

「もちろん、お前の親父の商社もかなりの額の取り引きをしてるんだろう」

流葉は、真一に言った。

「で、お前の親父はまず、現在扱っているアメリカ牛の取り引き量を約2倍にしたいと企《たくら》んでるらしい」

「2倍に……」と真一。

「ああ、そのためにアメリカ政府の高官らしい男と密談してるよ」

と流葉。テーブルのICレコーダーを指差した。

「アメリカ政府の高官……」と僕。

「ああ。この録音に名前は出てこないが、相当に権力のある人間らしい」と流葉。

僕はうなずき、

「そうした場合、相手の人間が得る見返りは？」と訊いた。

「早口なので少し聞きづらかったが、300万ドルの謝礼というか賄賂《わいろ》らしい」

「300万ドル……」と真一。


♪


「300万ドルぐらいで驚いちゃいけないぜ」と流葉。

「商社がそれだけのいわば賄賂を払っても割に合うぐらい、アメリカ牛の取り引き額が莫大《ばくだい》だって事だろうな」と言った。

「その通りですよ」と巖さん。

「うちの店では国産の牛を使ってますが、ほとんどの外食産業では、アメリカ牛やオーストラリア牛を使ってますよね」

と言った。流葉もうなずく。

「あと、レトルトや冷凍食品、つまり加工食品のほとんどが輸入した牛を使ってますね。それを合わせると、ものすごい量の牛肉が日本に輸入されてるわけです」と巖さんが言った。

流葉が、真一を見た。

「お前の親父のニューヨーク支社でも、アメリカン・ビーフは稼ぎ頭《がしら》だろうな」

真一がうなずいた。巖さんが、カウンターの向こうで手を動かしながら、

「さらに、ある食肉業者に聞いた話だと、同じアメリカ牛といっても上等なのもそうでないのもあるそうです」と言った。

「なるほどな。AランクBランク、その下みたいな格づけはあるわけだ。当然だな」と流葉。巖さんが、うなずく。

「なので、日本の企業は出来るだけ高いランクの牛を、出来るだけ多く輸入したい。その争いは、ひどく激しいようです」と言った。

流葉がうなずき、真一を見た。

「そこで、お前の親父は、アメリカ政府の高官とうまくコネクションをつけて、自分の商社が優遇される裏契約を結んだらしいな。高いランクの肉を、よその日本企業より多く輸入できるような密約を……」

と言った。真一は、はっきりとうなずいた。

「その密約通りになれば、親父の商社は莫大な収益のアップになるだろう。もちろん親父の手柄にも……」と流葉。

「だから、300万ドルほどの賄賂なんて何でもないわけさ」

と言った。そのときだった。

「はい、国産牛のハンバーグです」と巖さん。テーブルに湯気の立った皿を置いた。

♪

「おうおう、漁村の子供は、やっぱり肉に飢えてるのか」

と流葉が苦笑い。それほどの勢いで、真一も涼夏もハンバーグを食べていた。

僕もひと口食べて、しばらく無言……。

「岩手の畜産農家から取り寄せた最高の和牛を使って、巖さんが作ったんだ。まずいわけはない」と流葉。

「しかし、真一の親父は、この密談をなぜICレコーダーに録音したのかな……」と僕は言った。

「はっきりとは言えないが、口約束だけじゃ安心できなかったんじゃないか?」と流葉。

「そこで、密約の証拠になるように、この小さなレコーダーをポケットにでも忍ばせておいた、そう考えるのが自然だろうな」と言った。

「ところが、こういう事態になると、それが時限爆弾になりかねないわけか……」

僕は言った。流葉も、うなずいた。

「そういう事」


♪

「父さんが、そんな事をやってたなんて……」

助手席で涼夏がつぶやいた。

僕らは、流葉亭から葉山に帰るところだった。

「ショックか？」と僕。ステアリングを握って言った。

「少しは……」と涼夏。その口調は淡々としていた。

あの人ならやりかねないという事なのだろうか……。

「いくら業績を上げるためと言っても、これは立派な犯罪だからね……」と真一。

「それはそうだし、こちらが証拠のレコーダーを持ってる限り、親父もへたな事はできない」と僕。

「あの密談で話してた相手の正体もわかれば、なおいいんだがな……」とつぶやいた。

海沿いの道路。水着姿の若い連中が、笑い声を上げながら歩いている。


♪


翌日。午後4時。僕はナツキの家に向かった。

真一の居所をつきとめようとしている〈エコー調査事務所〉。その正体が源によってわかった。

そのためには、ナツキが釣ってくれた真鯛が必要だった。

その礼を言うためにナツキの家に向かっていた。彼女の家がある路地に入っていく曲がり角。

片側二車線の道路に1台の車が停まっていた。トヨタのセダン。地味なグレーだった。

それは、いつかここに停まっていた車と似ていた。気のせいかもしれないが……。

僕は、そのまま路地に入っていく。ナツキの家の前まできた。

コンクリートブロックの塀。門などなく、奥に平屋の家がある。

その玄関の前に、一人の男がいた。

後ろから見ても中年だとわかる。その男は、家の様子をうかがっているようだった。

僕は、その後ろに立った。

「おっさん、覗《のぞ》きはよくないぜ」と声をかけた。

男がふり向いた。60歳ぐらいか。髪はほとんど白い。やはり白髪まじりのヒゲをはやしている。眼鏡の奥の目が僕を見た。そして、

「哲也君……」とつぶやいた。

♪


「なぜ、おれの名前を？」と訊いた。

「私は、品田。雅行《まさゆき》の父だよ。一度だけ君と会った事がある」と彼は言った。シナボンの親父……。そういえば……。確か、高校の卒業式で会った覚えがある。

「しかし……」と僕はつぶやいた。

品田の髪が、あまりにも白くなっていた。5年ほど前に会ったときに比べて……。

それでわからなかったのだ。


♪


「息子の様子を見に？」と僕。品田は、うなずいた。

「まあ、そんなところで……」と言った。

「いるかな？」僕は言い、家の庭に回り込んだ。けれど、人けがなかった。

「シナボンは、まだ大学から戻ってないな」とつぶやいた。すると、

「その……小沢《おざわ》さんという娘さんは……」と品田。

「ナツキ？」と僕。「もしかしたら、港にいるかもしれない」と言った。漁を終えて片付けをしているかもしれない。そんな時間だ。

「彼女に何か用が？」訊くと、うなずいた。

「できるなら、少し話したいんだが……」と品田。

「会って、謝罪したい事があって……」と言った。


♪


ナツキは、やはり港にいた。

遅い午後の陽が射す港。その岸壁に舫った船の上で、タコ獲りの片付けをしていた。

錆だらけのラジカセからは、相変わらずビートルズが流れていた。

僕を見ると、陽灼けした顔の中で白い歯が光った。船から岸壁に上がってきた。

そして、僕の隣りにいる品田を見た。

「小沢ナツキさんですね」と品田。「突然うかがって申し訳ないが、品田雅行の父です」と言った。さすがに、ナツキは驚いた表情。

「雅行が大変お世話になっています」と品田が頭を下げた。ナツキも、

「あ、はい……」と言い不器用なおじぎをした。


♪


「突然うかがった理由は、これです」

と品田。上着の内ポケットから、たたんだ紙を出した。それを広げる。

「これは、医学専門誌に載ったレポートをコピーしたもので、雅行が書いたいわば論文です」と言った。

品田は、それをナツキにさし出した。僕もわきから覗き込んだ。

〈楽器によるリハビリの可能性〉というタイトル。そして、筆者は〈品田雅行〉となっていた。シナボンだ。

「つい2カ月ほど前、外科学会の専門誌に掲載されて、話題になってる論文です」

と品田。ナツキを見て、

「あなたの事が書かれています。もちろん読まれましたよね？」

ナツキは、うなずいた。

「彼が下書きをしてるときから……」と言った。

♪


ビートルズの〈All My Loving〉《オール・マイ・ラヴィング》が流れている。

「この論文を読んで、頬を叩かれたようなショックをうけてね……」品田はつぶやいた。

「こんなやり方でリハビリをする事ができるのかと……」

「……」

「でも、実際にあなたは、こうして完治した」とナツキに言った。ナツキがうなずいた。

「最新の機器と技術でなければ、優れた治療ができないと思っていた私は何だったのか……」

うめくように品田は言った。じっと港の海面を見つめている……。

21　やつの鼻づらに、ジャブを一発

どのぐらいの時間がたっただろう……。

ラジカセの曲が〈Yesterday《イエスタデイ》〉に変わっていた。テープが伸びてしまって、少しオンチなビートルズだけれど……。

「私がショックをうけた事は、もう一つ。事故でムチ打ち症になったあなたが、横須賀にあるうちの医院に来ていたという……。私は知らなかったが……」

と品田。ナツキは、微かにうなずいた。

「調べたら、確かにあなたのカルテがあった。そこで、そのとき担当した若い医師に問い質したよ」

「………」

「その医師が言うには、保険適用外の高額な治療をすすめたが、あなたは帰っていき、その後、受診に来なかったと……」

ナツキは、また小さくうなずいた。

「両親をなくした高校3年生に、何十万円もかかる治療をすすめるとは……」

また、うめくように品田は言った。

「だが、そんな医院の空気というか、暗黙《あんもく》のガイドラインを作ってしまったのは、誰でもない、私なんだ……」


♪


陽が傾き、ナツキの白いTシャツがレモン色に染まりはじめていた。

「……私は、医師ではなくただの経営者になってしまったようだ……」と品田。

「だが、この雅行が書いた論文、というよりこの治療法を知った日は、朝まで一睡もできなかった」

と言った。じっと港の海面を見つめている。小形のボラが跳ねた。その波紋が海面にゆっくりと広がっていく。

「哲也君……」と品田は僕を見た。

「私はいま52歳だが、これからの人生で何が出来るだろう……」と言った。

僕は、10秒ほど海面を眺めて、

「すべて」と言った。

「……すべて？」と品田。僕はうなずいた。

「いま仕事をしてる音楽の世界じゃ、52歳のプロデューサーなんて、まだ中堅だよ」と言った。品田は、苦笑い。

「そうか、中堅か……」とつぶやいた。

硬かったその表情が、柔らかく、ほどけていく……。

海風を吸い込み、

「やはり、思い切って来てよかった……」

と言った。ナツキと正面から向かい合う。そして、

「君には、心から謝罪をするよ」と言った。

ナツキは、無言でいた……。その表情は、優しかった。

「そして、雅行に伝えてくれないか。気が向いたら電話のひとつもくれないかと……」

品田がナツキに言い、ナツキが小さくうなずいた。

涼しくなってきた潮風が彼女の前髪を揺らした。そんな風にのって、〈Let It Be《レット・イット・ビー》〉がゆったりと流れている。

♪

「どうした……」僕は涼夏に声をかけた。

午前9時半。僕らは、店の二階で朝飯を食べていた。

トーストをかじっていた涼夏の手が、ピタリと止まっている。その顔がテレビの方に向いている。

小型のテレビでは、朝のニュースをやっていた。

国内のニュースが終わり、海外のニュースが流れはじめていた。

アメリカのテレビ局〈CBS〉の画面が流れている。

そこに日本語のアナウンスが入る。

〈アメリカ商務省《しょうむしょう》が、対ロシアの貿易に関して新しい見解を表明し、大統領にも提案する模様です〉

と日本人アナウンサー。

〈ヨーロッパ歴訪中のハリス商務長官の代行として、ロブ・バーナード副長官が、CBSのインタビューに答えてくれました〉

というナレーション。

画面には、紺のスーツ姿の中年男が映っていた。太りぎみで、赤ら顔。メタルフレームの眼鏡をかけている。

その男が、CBSテレビの記者らしい女性のインタビューに答えている。

そのやりとりが流れ、翻訳がテレビ画面の下に出ている。

〈アメリカ商務省はロシアに対し、さらに14項目の輸出規制をする方針を大統領に提案する予定があるそうですが……〉

と女性記者。

ロブ・バーナードという商務副長官が何か答えている。

涼夏は、その画面をじっと見ている。

正確に言うと、視力の弱い涼夏は、画面を見るというより、音声を聞いている……。

〈我々の、ロシアに対する輸出規制は……〉とその副長官。インタビューに答えている。

それをじっと聞いていた涼夏は、

「この人だ……」とつぶやいた。

♪

「この人？」
僕は訊き返した。涼夏は、トーストを持ったままうなずいた。
「あのＩＣレコーダーの録音で、父さんと話してたの、この人……」と言った。
「間違いないか？」訊くと、はっきりとうなずいた。
視力が弱い分、超人的な聴覚を持っている涼夏……。
その彼女が断言するのなら、まず間違いないだろう。
テレビでは、ロブ・バーナードという副長官へのインタビューがまだ続いている。
僕は、スマートフォンをとる。流葉にかけた。

♪

「商務省の副長官か」と流葉。
「それなら、あり得るな……」とつぶやいた。

「アメリカの商務省は、輸出入のすべてを統括《とうかつ》してる、言ってみれば牛耳《ぎゅうじ》ってるわけだ」

「牛耳ってるか……」

「ああ、アメリカにいた頃、アメ車を輸出するためのテレビCFを作った事があるが、その自動車メーカーのお偉方も、商務省のご機嫌だけは損《そこ》ねないようにしてたな」と流葉。

スマートフォンを握っている僕は、うなずいた。

「そんな商務省の副長官となれば、日本の商社が扱うアメリカン・ビーフの割り当て量を左右するなんて、それほど難しくないだろうな」と流葉。

「これで、ほとんどのカラクリが見えたな」と僕。

「そういう事。あの子たちの親父は、うまくその副長官と接触をして、密約までこぎつけたわけだ」と流葉。

「さて、これから、そのICレコーダーをどうするかだな……」と僕。

「そう言ってるが、お前さんには、それをどう使うか、わかってるんだろう？」と流葉。

その口調は笑いを含んでいた。

「まあ、あの親父に、とりあえずジャブをかますかな……」

「そう。相手の鼻づらへ、きついストレートを一発だ」流葉が言った。


♪


その日。夜中の2時過ぎ。僕は、一階の店にいた。

スマートフォンでニューヨークにかけた。

いまは夏。真一に聞くと向こうではサマータイムになっているらしい。なので、時差は13時間。

ニューヨークは午後1時頃。真一の親父は、仕事中のはずだ。

コール音2回。彼はすぐに出た。

「あ、哲也……」と彼。

「ちょっと待ってくれ」と言い10秒ほど……。

誰にも聞かれない場所に移動したようだ。聞こえていた周囲の声が消えた。支社長室にでも入ったか……。

「で、どうだ、真一の行方は」と彼。小声でせかせかと訊いてきた。

「真一はここにはいないけど、とてもいいニューヨーク土産《みやげ》をもらったよ」と僕。

「ニューヨーク土産？」

「そう。小型で性能がいいＩＣレコーダーだ」僕は言った。彼は、無言……。

ジャブが鼻づらに入ったらしい。20秒ほど何も言わない。

「聞いたのか……」

「まあ……。とても親密で友好的な日米会談だった」僕は言った。

彼は、また無言……。何を言おうか頭をフル回転させている様子……。

「何が欲しい」と言った。

「何？」

「そのレコーダーと引き換えに、何が欲しいんだ……」と彼。「君のところも、楽じゃないだろう。欲しいものがあったら遠慮なく言ってくれ」と言った。

「そうねえ……」と僕は考えるふり。

そうしながら、思っていた。

この人は、確かに涼夏や真一の父ではある。

けれど、自分にとって〈叔父〉だという感覚を持てないまま、いままできている……。

彼も僕の事を甥《おい》とは感じていないだろう。

そんな事を、しばらく考えていた……。やがて、

「そうだ、入り用な物があった」僕は言った。

「何かな……」と彼。

「出刃包丁《でばぼうちよう》」と僕。「最近、刃が欠けたんで、新しいのを買いたいと思ってたんだ」と言った。

「………」彼は、またしばらく無言……。

やがて、フフッという嗤《わら》い声……。

「君も、若いのに食えない男だなあ」と言った。

22　大切なのは、何が出来たかじゃなく、何にトライしたか

「食えない？」と訊き返す。そして、

「そりゃ、おれはアジやサバじゃないから食うのは無理だな」と言った。

相手は無言……。からかわれているのかどうか、判断ができなくて迷っているらしい。

やがて、苦笑しているようにフッと息を吐いた。余裕を見せようとしている。

「まあいい。駆け引きをしたいらしいな。どうやら、問題は金額ということになるんだろう……」と言った。

僕は、黙っていた。相手に言わせておく……。

「わかった。手配しよう」と相手。僕は何も言わない。

「しばらく待っていてくれ」と相手が言い通話は終わった。

♪


「どう思った？」

僕は真一に訊いた。真一は、すぐそばで、マイクをいじって作業をしている。

僕は、スマートフォンをスピーカーモードにしておいた。

なので、僕と親父のやりとりは聞こえていたはずだ。

「予想通りだが、親父は、ＩＣレコーダーを買い戻そうとしている」

と僕。真一は、手を動かしながらうなずいた。

「あの人なら、当然そうだろうね」と冷ややかな口調で言った。

「どうやら、金でレコーダーが買い戻せると考えているな」僕が言うとうなずいた。

「金で動かない人間は世の中にいない。あるとき、父さんはぼくにそう言った」

「素晴らしい教育だな」と僕は苦笑い。

「そのとき、どんな気分になった？」

「嫌な感じがした。アサリのパスタを食べていて、口の中がジャリッとしたときみたいな……」と真一。

「わかるよ」と僕。「しかし、それを感じない人間も世の中にはたくさんいる。感じただけ、お前はまともだってことだ」

♪


「しかし、熱心だなあ……」僕は言った。

もう夜中の3時過ぎ。真一は、マイクを作業台に置いて手を動かしている。

青端が用意してくれたノイマンとゼンハイザー。

それを一度分解し、組み合わせて、新しいマイクを作ろうとしている。

店のオーディオからは、FMが流れている。夜中なので、スタンダードな曲が低く流れていた。

「まだ当分やるのか?」と僕。

「この配線をつないだら、一段落だよ」真一は、手を動かしながら言った。

「それにしても、よくやるな……」僕がつぶやくと、

「姉ちゃんのためだから……」と真一が言った。

「涼夏?」

「そう。涼姉ちゃんのため……」

♪


FMから、〈Stand By Me《スタンド・バイ・ミー》〉が流れはじめた。

僕はバーボンのオン・ザ・ロックを手にし、真一はコーヒーを飲んでいた。

「姉ちゃんには、大きな借りがあるんだ……」

ぽつりと真一がつぶやいた。

「借り？」と僕。真一は、うなずいた。コーヒーに口をつけた。

「あのとき……姉ちゃんが落雷で眼に障害をおったとき……」

僕は、うなずいた。

「お前と母さんは、少しだけ予定を遅らせたが、結局、ニューヨークに発ったなあ」

「そう……。ぼくがニューヨークの学校に入る予定が決まってたから……」

「その事が何か？」僕は言った。バーボンに口をつけた。

「いま思うと、あれは酷《ひど》く冷たかった……」と真一。

「いくら、ニューヨークの学校に入る事が決まっていたといっても、事故から間もなくで、まだ入院してる姉ちゃんを置いて発つなんて……」

うつ向いて真一は言った。


♪


FMの曲が、M《マライア》・キャリーに変わった。

「しかし、お前の親父も母親も、お前をエリートにしたかった。それしか考えてなかった」と僕。

「そんな両親にとって、涼夏の眼がどうなるかより、お前が名門校に入る事の方が大切だったんだ」

と言った。真一が、うなずいた。

「でも……それでも、入院したばかりで、視力がどうなるか予想もできない姉ちゃんを置いて発つのは、いま思えば納得できない」

「それは、いま思えばだろう？　当時のお前はまだ弱虫な12歳で、親に逆らったりできる年じゃなかった……」

僕は言った。

「確かに、そうかもしれない。ぼくは子供で確かに弱虫だった……。けど、もっとまずい事があるんだ」

「まずい事？」

「ああ……。あのとき、ニューヨークに発つのをしばらく遅らせよう、入院してる姉ちゃんの具合を見ようと、母さんに言う事はできた」と真一。

「でも、それはしなかった」と僕。

「そう……。その理由の半分。ぼく自身の心がもうニューヨークに向かってたから……」


♪


僕のグラスの中で、氷が溶けて、チリンと小さな音をたてた。

真一は、大きく息を吐いた。そして、

「ニューヨークで暮らす事が決まった時……正直言って嬉しかった」

「わからなくもないが……」

「だから、姉ちゃんが事故に遭ったあのときも、心に迷いがあったんだ」

と真一。僕は、バーボンのグラスに口をつけた。

「入院してる姉ちゃんを置いていく事の後ろめたさ。それとは逆に、ニューヨークでの暮らしへの憧れ。それが心の中で混ざり合ってた」

と真一。作業台に視線を落として言った。

「そんな混乱した状態だったから、予定通り出発しようとする母さんに逆らえなかった……」

と小さな声で言った。さらに、

「本当に情けないガキだった……」とつぶやいた。


♪


曲がイーグルスに変わっていた。

僕は、立ち上がった。真一の肩を軽く叩いた。

「あまり気にしない方がいい」と口を開いた。

「誰だって、いつも正しい判断が出来るとは限らない」と言った。グラスに氷を入れ、バーボンを注いだ。

「おれだって、しょっちゅう判断ミスをしてるよ」

「哲っちゃんでも？」

「ああ……。人間だからな」と僕は苦笑い。

「でも、何事も、やり直しがきくんじゃないか？」と言った。作業台にあるマイクを見た。バーボンをひと口……。

「お前は、涼夏への借りを返すために、このマイクを完成させようとしている」と言った。

「それが完成するかどうかはともかく、やろうとしたかどうかが大切なんじゃないか？」

「やろうとしたかどうか？」

「ああ……。大切なのは、何が出来たかじゃなく、何にトライしたかだ」

僕は言い、やがて、真一が小さくうなずいた。

時計の針は、もう午前4時に近づいている。FMからは、イーグルスが歌う〈Desperado《デスペラード》〉が低く流れていた。

♪


「西部警察のお出ましか……」

僕は、つぶやいた。

3日後。昼過ぎ。

エコー調査事務所の近藤が、ショーウィンドウの外をよぎった。やがて、ドアをゆっくりと開け店に入ってきた。

相変わらず、もみあげを伸ばし、レイバンの濃いサングラスをかけている。渡哲也もどきだ。

今日は、ジュラルミンのアタッシェケースを片手に下げている。

やつは、それを無言で店のカウンターに置いた。すごんだ低音で、

「1千万ある」と言った。僕は、

「ほう……」とつぶやく。「うちにそんな高いギターはないな」と言った。

「冗談につきあう気はない」

やつが相変わらず渡哲也風の口調で言った。真一と涼夏が、そのやりとりを聞いてい

る。

「それなら？」と僕。

「ニューヨークからガキが持ってきたレコーダーだよ」とやつ。

「もしかして、これかな？」僕は言った。ポケットからICレコーダーを出した。やつはうなずく。

「そうだ」と言い、アタッシェケースを開けた。一万円札がぎっしり入っていた。

「数えるか？」とやつ。

僕は、首を横に振った。ICレコーダーを、札束の上にポンと置いた。

「ものわかりがいいな」とやつ。

レコーダーを手にとる。耳に近づけ、再生のスイッチをONに。

その2秒後、M《マイケル》・ジャクソンの〈Thriller《スリラー》〉が大ボリュームで流れはじめた。

23 彼女のための、E7

やつの顔がゆがんだ。耳からレコーダーを離す。

「なんだ、これは！」

「望みのレコーダーだよ」と僕。そして、「マイケルは嫌いか？」と言った。

もちろん、よく似たICレコーダーに〈スリラー〉を録音しておいたのだ。

「ふざけやがって」とやつ。

2歩、僕につめよった。

「痛い目に遭《あ》いたいのか」と言い、片手で僕のTシャツの襟元をぐいとつかみ、ねじり上げた。

僕は右手の甲で、やつの横っつらを思い切り叩いた。ギタリストなら指は大事にしろと、あの流葉に言われたのが頭にあったのだ。

やつはのけぞり、3、4歩後退。尻もちをつき、Marshall《マーシャル》のアンプに背中をぶつけた。

かけていたレイバンが吹っ飛んで床に落ちている。

僕は、思わず吹き出した。

サングラスをかけていたときは渡哲也もどき。だが、その細い目は、渥美清《あつみきよし》にそっくりだった。

♪

真一も、吹き出している。やつは、よろよろと立ち上がる……。

「やろう……。なめたまねしやがって」

「そんな顔、誰がなめるか」僕は言った。

やつの片手が上着の内側に入ったら。刃物か何か出す……。そのとき、

「やめておけ」という落ち着いた声。

店の入り口に源が立っていた。

♪


「源……」とやつ。動作が固まった。口が半開き……。

「お前さんは、確か近藤だったっけ」と源。

「一度しか言わないが、この件からは、さっさと手を引く方が利巧だな」と言った。

「さもないと……」と源が言いかけると、

「わ、わかったよ……」とやつ。源を見ている、その渥美清のような細い目が怯《おび》えている。表情が引き攣《つ》り、いまにもちびりそうだ。

やつは、少し震える手でカウンターにあるアタッシェケースを閉じる。

店の入り口には、源と、部下らしいスーツ姿の若い男がいた。

やつは、アタッシェケースを小脇にかかえる。源たちのわきを恐る恐る通り抜け、店から出た。

早足でバス通りを、ずらかっていく……。僕はそれを見ながら、

「男はつらいな」とつぶやいた。

♪


「ここに来たのは偶然で？」

僕は源に訊いた。彼はうなずく。

「5歳になる孫がウクレレをはじめたいというのさ。そこそこのをみつくろって欲しくてね」と言った。

僕はうなずいた。5歳の子なら、小型のウクレレがいいだろう。

飾ってあるウクレレから、中古のソプラノ・タイプを選ぶ。ケースに入れ、源に渡した。

「お代は？」と源。

僕は首を横に振った。源が微笑し、

「ありがとう」と言った。それ以上の言葉はいらない。

源は、手下らしい男と店を出ていく。停めてあったジャガーに乗り込んだ。

発進していくジャガーを眺めて思った。孫の件が本当なのか……。それとも、源がエコー調査事務所の動向に目を光らせてくれていたのか……。

もしその事を訊いたとしても、源はとぼけているだろう……。そういう男だ。

♪


カチッと、ごく小さな音がした。

僕は作業をしている真一をふり向いた。

午後3時。店の片隅だ。

「出来たのか？」訊くと、真一は小さくうなずいた。

「なんとか……」とつぶやいた。

作業台の上にはマイクがある。ノイマンとゼンハイザーを分解して、真一が作っていた涼夏のためのマイクだ。

そのマイクに、最後の部品をはめ込んだらしく、小さな音がしたのだ。

「じゃ、いよいよテストするか」と僕。真一は、うなずいた。

僕は、プロデューサーの麻田に電話をかけた。

「真一のマイクが、完成したらしい」

「よし……。それじゃ、さっそくテスト録音しよう。明日、Aスタをとっておくよ」と麻田。

「青端さんにも伝えておく」と言った。


♪


その夜中。3時過ぎ。

「まだ、やってるの？」と真一。ギターを弾いている僕に訊いた。

僕は、〈ミチオ・モデル〉の特注ギターを膝にのせていた。

いよいよ涼夏の歌をテスト録音する。

その曲は、〈Amazing Grace《アメイジング・グレース》〉に決めてあった。

あの日、両親がいない真一の誕生日……。

街路樹が色づく横浜の街を見下ろして、涼夏が口ずさんだという〈Amazing Grace〉。

涼夏本人も好きな曲だ。

それをテスト録音することに、涼夏もオーケーしていた。

曲の1コーラス目。コードは、シンプルだ。

C……C_7……F……そしてCに戻る……。

それが、いちおう譜面《スコア》通りのコードだ。

けれど……と僕は思う。涼夏の声は、高く澄んでいるだけではない。

その響きに、独特の寂しさ、孤独感が感じられる。

そんな彼女の歌声をささえるコードが、これでは当たり前過ぎる気がする。

そこで、僕はさまざまなコードを弾いてみた。

特に、C_7ではなく何か別のコードが欲しい……。

その何かを見つけるために、いろいろなコードを弾いていた。気がつけば、夜中の3時半を過ぎていた。そばで、新しいマイクを磨いていた真一が、

「まだ、やってるの？」と訊いた。

「ああ……」僕はつぶやいた。

ここで、妥協したくなかった。

ギタリストとしての自分のため、そして、何よりも涼夏のために……。


♪

「……これか……」僕は、ギターのフレットに指を触れたまま、うなずいた。

押さえているコードは、E_7だ。

C……そのあとC_7にいくのが通常の展開だ。

けれど、C_7ではなくE_7を弾いて、Fにいく……。

そこにE_7が入ると、曲調がかなり変わる。

歌い手の心の揺れ、そして寂しさなどのニュアンスが感じられるのだ。

これか……E_7だったのか……。

僕はつぶやきながら、またそのパートを弾いてみる。何回も何回も……。

午前4時を過ぎ、窓の外が明るくなってきていた。

微かに届いてくる波音を聞きながら、僕はギターのフレットで指を走らせ続けた。

♪

「待ってたよ」と麻田。ふり向いて言った。

午後1時過ぎ。青山にある〈ブルー・エッジ〉。そのAスタ。

僕、涼夏、そして真一の3人が入っていったところだ。

麻田と青端がいた。

青端は調整室のソファーにゆったりと腰かけ、僕らにうなずいた。

スタジオには、一人の女性スタッフがいた。

レコーディング・スタジオには、女性のスタッフは珍しい。しかも彼女は若かった。20歳か21歳だろうか。

細身のジーンズ。Tシャツ。髪は後ろで束ねている。テキパキと録音の準備をしていた。

「新人ディレクターの吉川君《よしかわ》」と麻田が紹介した。吉川という彼女は、

「吉川明子《あきこ》です。まだ見習いですが、よろしくお願いします」と挨拶した。

そのサバサバとした口調は、どちらかと言えば、体育会系のような感じだった。

僕はギターをアンプに繋ぎ、チューニングをはじめた。

真一は、取り出したマイクをスタンドにセットした。それを見た吉川明子という新人ディレクターが、

「ノイマンですね」と言った。

確かに、そのマイクのシェル、つまり外側はノイマンのTLMだ。

けれど、その中にはゼンハイザーの部品もかなり使われている。

♪


ギターのチューニングも、マイクのセッティングも完了。

「そろそろいく？」

僕は、涼夏に言った。少し緊張した表情の涼夏……。

「テスト録音だから、気楽に」と僕。涼夏は、うなずいた。

麻田もディレクターの吉川明子も、スタジオから出て調整室に行く。

防音ガラスの向こう、吉川は、卓を操作している。やがて、こちらを見た。

「いつでもどうぞ」という彼女の声が、スタジオに響いた。

あまり時間をかけると、涼夏が緊張するので、僕はイントロという感じで、軽くCのコードを弾く……。

「いこうか」という感じで、涼夏にうなずいた。

彼女は、目を閉じた。

そして、マイクに向かい〈アメイジング・グレース〉を歌いはじめた。

僕は、低めのボリュームでそのバッキングをする。

C……そして、あのE_7……。

涼夏の、高く澄んで、少し寂しげな声がスタジオに流れる……。


♪


「オーケイ」と麻田の声。

僕は、ギターをOFFにした。テイク1《ワン》を録り終わった。

涼夏は、ほっとした表情……。

僕と涼夏は、スタジオの防音扉を開け調整室に入って行く。

麻田が、吉川ディレクターにうなずいてみせた。〈再生してみよう〉という感じで……。

吉川明子が、卓を操作する。

やがて、モニター・スピーカーからギターと歌が流れはじめた……。

1コーラス……2コーラス……。短いギターソロ。

そしてまた最初に戻る……。

曲のエンディング。スピーカーから流れる音が、ゆっくりとフェードアウトしていく……。

それを聴き終わったディレクターの吉川明子が、無言で麻田を見た。

「何か？」と麻田。

「……鳥肌が立つようなすごい声……」と彼女。しばらく無言……。

「それはそれとして、あのマイク、ノイマンじゃないような……」とつぶやいた。

24　君は、この道に進むべきかもしれない

「ほう……」と麻田。「しかし、あのマイクはどう見てもノイマンだが……」と言った。

「それはそうなんですけど」

と吉川明子。ヘッドフォンをかけた。もう一度、〈アメイジング・グレース〉を再生しはじめた。目を閉じたまま、集中している……。

やがて、曲が終わったらしい。ヘッドフォンをはずした。彼女は麻田を見て、

「やっぱり、これ、ノイマンじゃないと思うんですけど……」と言った。


♪


ソファーに腰かけていた青端が、ゆっくりと立ち上がった。微笑して、

「麻田君、そろそろ種明かししてもいいんじゃないか？」と言った。

麻田もうなずく。吉川明子を見て、

「実は、君が言う通り、これはノイマンじゃない。ノイマンであってノイマンじゃないんだ」と言った。

「ノイマンであって、ノイマンじゃない？」と吉川明子。

「そういう事」と麻田。

そばにいた真一の肩を叩き、

「彼が完成させた特注マイクでね」と言った。

「特注？」と訊く吉川に、真一が少し緊張した口調で説明をはじめた。

ノイマンとゼンハイザーの部品を組み合わせて、このマイクを作ったと……。

吉川明子は、かなり驚いた表情でそれを聞いている。そして、

「凄い……」とつぶやいた。すると、

「このマイクも凄いけれど、これがただのノイマンじゃないと見破った君もすごいな」

と青端が言った。

「普通のディレクターなら、ノイマンのマイクを見ただけで、それはノイマンの音という先入観で聴いてしまう。けど、君はそんな先入観を持たずに、いまの録音と向かい合

った。自分の耳だけを信じて……」と青端。

「さすが、ロンドンのスタジオで経験を積んできただけの事はある」と言った。


♪


ロンドンのスタジオで、経験を積んできた……。その言葉を聞いて、僕や涼夏は顔を見合わせた。

吉川明子は、確かに若い。けれど、その年齢で〈ブルー・エッジ〉のような一流レーベルのディレクターになるからには、それなりのものがあるのだろう。

天性の何か、経験、さらに熱さとしか言えないものが……。


♪


「もう一度？」

とディレクターの吉川明子。真一に訊き返した。真一が、

「すみません、もう一度だけ、聴かせてください」と言ったのだ。

涼夏が歌った〈アメイジング・グレース〉。真一は、ヘッドフォンをかけてそれを聴

いていた……。

やがて、真一はそれを聴き終わる。ヘッドフォンをはずし、スタジオに入っていく。そして、マイクをスタンドから外した。

マイクを手に調整室に戻ってきた真一に、麻田が、

「満足が出来ないんだね」と訊いた。真一は、うなずいた。

「99パーセントは出来てるけれど、完璧じゃないと思えるんです」

「あとの1パーセント?」と麻田。

真一は、微かにうなずき、

「2週間ほどもらえれば、なんとか出来ると思います」と言った。

麻田は、静かに微笑。じっと真一を見ていた……。やがて、

「無責任な事は言えないが、君は、この道に進むべきなのかもしれないな……」と言った。

調整室のソファーにかけていた青端が苦笑している。

麻田が、青端にふり向いて、

「会長……何か?」と訊いた。

「いや……真一君が、若かった頃の君にそっくりなんでね……」

青端は苦笑したまま、麻田に言った。


♪


調整室のドアが開き、男の社員が入ってきた。

「いいですか？　最新の数字が出ました」と言い、ノートパソコンをテーブルに置いた。

「やはり、〈ZOO〉の〈タッチ・ミー・ナウ〉がトップですね」と言った。

新曲の配信サービス、その再生回数の数字が出ているらしい。

僕らも、パソコンの画面を覗いた。

配信された曲がリスナーに再生された数字、その1位は竹田真希子《たけだまきこ》の〈タッチ・ミー・ナウ〉だ。

竹田真希子は、通称〈デベソのマッキー〉。〈ブルー・エッジ〉のライバルであるレーベル〈ZOO〉がデビューさせた新人だ。

ニューヨークで活動していたシンガー・ソングライターという意味では、山崎唯のライバルになる。

そのデビュー曲〈タッチ・ミー・ナウ〉は、いまどきの曲らしいアップテンポ。

若い連中を狙ったとわかるナンバーだ。

そのMV《ミュージック・ビデオ》は、中国資本に買収された〈ZOO〉らしく、かなり予算をかけたものだ。

ニューヨークの上空に現れたUFO〈CG映像〉から、マッキーが現れる。

ヘソを出したセクシーなコスチューム。

10人ほどの男性のダンサーたちを従えて、踊りながら歌うマッキー……。

けれど、CFディレクターの流葉に言わせると、〈まるでジャネット・ジャクソンあたりの焼き直しだ、古いな〉となる。

「2週間前に配信が開始されて、いま再生回数で1位。金をかけたPR効果もきいているだろうし、まあまあ妥当なところだな」

と麻田。青端も、うなずいた。

この曲は、2週間前に配信が開始されていた。

それは、ライバルになる山崎唯の〈マンハッタン・リバー〉に先制攻撃をかける作戦だろう。

「こっちの曲の配信開始は？」僕は訊いた。

「明日からだ。ＣＦのオンエアー開始と同時に、曲の配信をスタートするよ」と麻田が言った。そして、

「いよいよ、勝負だな……」とつぶやいた。


♪


僕がステアリングを握る車は、首都高速湾岸線を走っていた。

やがて、黄昏の多摩川を渡り神奈川県に……。

窓から入る夕方の風が、少し涼しくなってきていた。そろそろ8月が終わる。

カーラジオはＦＭにチューニングしてある。ＣＣＲの〈Down On The Corner《ダウン・オン・ザ・コーナー》〉が流れていた。真一は、後ろのシートにいる。何か、考え事をしているようだ。

たぶん、さっき麻田から言われた事……。

〈君は、この道に進むべきかもしれない〉

それについて、考えているようだ……。かなり真剣に……。

助手席で窓からの風に目を細めていた涼夏が、そこでぽつりと口を開いた。

「……あの声……」とつぶやいた。

「声？」と僕。

「あの、吉川さんていうディレクターの声……どこかで聞いたような……」と涼夏。

「彼女の声？　どこで？」と僕。

「……全然思い出せないけど、どこかで……」と涼夏がつぶやいた。

ディレクターの吉川明子と涼夏は、初対面のはずなのに……。僕の心にクエスチョン・マークが点滅している……。

高速道路の左側に横浜の街明かりが見えはじめた。


♪


10日後。午後2時の流葉亭。

相変わらず、いい匂いが漂っていた。僕は、涼夏と真一を連れて店に入っていった。

ランチタイムが終わったいま、店に客はいない。

空いている椅子に足を投げ出し、文庫本を読んでいた流葉がこっちを見た。

「そろそろハンバーグが食いたくなったか」と微笑した。

夏から秋に向かういまの時季、相模湾にはイナダの群れが回遊しはじめる。

ブリの子供で、重さは1キロから2キロ。ブリほど強い脂《あぶら》がのっていないので、イナダは人気がある。

陽一郎の船でも、弟の昭次がさかんに獲っては持ってきてくれる。それはいいのだが、毎日では飽きてしまう。自分でも釣りをする流葉には、それがわかるのだろう。

「巖さん、ハンバーグ3人前」と言った。

「はい、ようがす」と、カウンターの中で巖さんが微笑した。

♪

電話が鳴ったのは、僕らがハンバーグを食べ終わった頃だった。

流葉のスマートフォンに着信。

「麻Pか……」流葉がつぶやいた。プロデューサーの麻田らしい。

「うむ……」と流葉は話しはじめた。

「ああ、哲也や涼ちゃんならここにいるぜ。替わろうか？」と流葉。

「山崎唯の〈マンハッタン・リバー〉が再生回数のトップに立ったらしい」

と言った。スマートフォンを僕に渡した。

「ああ、哲也君？」と麻田。「いま聞いた通り、〈マンハッタン・リバー〉が再生回数の1位に立った」と言った。

しかも、その数字の伸びが半端ではないという。

「あっという間に、〈デベソのマッキー〉を追い抜いたわけか」と僕。

「ああ、〈ZOO〉の曲はもう3位に落ちた。2位は十代に人気の〈HIASOBI《ヒアソビ》〉だ」と麻田。

「〈レッド・ロック〉のCFは、あと3カ月オンエアーされ続けるし、山崎唯の〈マンハッタン・リバー〉は、当分の間、トップを走り続けるだろうな」と言った。そして、

「涼夏ちゃんやバンドのメンバーにも、お疲れ様と言っておいてくれ」

「了解」と僕。

「それと、テレビ出演のオファーがきてる」と麻田。

「テレビ？」

「ああ、キー局のイブニング・ニュースの中で、ライヴをやって欲しいそうだ」と麻田。

「その件は、また相談するよ」と言って通話は終了。

「配信開始10日で1位ってすごくない?」と真一。

「まあ、そんなものだろう」と流葉。こともなげに言った。冷蔵庫からBUDを出した。


♪


店の前まで戻ってきた。

すると店の前の路肩に、1台の車が停まっていた。シルバー・グレーのレクサス。4ドアの最高級クラスらしい。

片側一車線のバス通りに、フルサイズのレクサスは停まっていた。

僕は、その後ろにワンボックスを停めておりた。

レクサスの運転席から若い男がおりて、後部のドアを開けた。

中年男が、おりてきた。小太りの体に、グレーのスーツ。半ば白髪の髪は、七三に分けている。メタルフレームの眼鏡をかけている。

男は、貫禄《かんろく》を示したいのか、ゆっくりとした足取りで僕の方に歩いてきた。

25　NOT FOR SALE

男は、

「牧野哲也さんだね」と確認するように言った。

上着のポケットから、名刺を出した。真一の父親が勤めている商社、そこの名刺だった。

〈常務取締役　北米エリア統括《とうかつ》本部　本部長〉という肩書き。

名前は〈日比野克利《ひびのかつとし》〉となっていた。

「私がここに来た理由は、わかっているよね」と低い声で僕に言った。

「もしかしたら、真一の父親である牧野孝次の件かな？」

僕は言った。日比野の目が、眼鏡の向こうで細くなった。

「そうだ……」

「彼が、アメリカ商務省のロブと仲良くしてる問題か」と僕。

〈アメリカ商務省のロブ〉と聞いて、日比野の表情に一瞬緊張が走った。

ICレコーダーの内容をこちらが分析したのが、はっきりとわかったらしい。

それでも、大手商社の常務になるぐらいの男だから、あくまで強気な表情……。

「まわりくどい話はやめよう。そちらが持っているICレコーダーに関して、我が社で会議を開いた」

「会議？　それで？」

「その結果、1億円で社長決済がおりたよ」と言った。

「1億円？」と僕。「1億円がどうしたと？」

日比野は、一瞬、とまどった表情……。

1億円と聞いて、こちらがたじろぐと思っていたらしい。

「わからないのか？　あのICレコーダーの値段に決まってるじゃないか」と言った。

♪

「ふうん……」と僕。

「じゃ、こっちも会議を開かなくちゃな」と言った。

停めてあるワンボックスカーに行き、ドアを開けた。

巖さんが作ってくれたでかいハンバーグを食った真一は、口を半開きにして寝ている。

涼夏は、少し不安そうな表情をしている。僕は、

「心配するな」と涼夏に言った。

車のドアを閉め、日比野の方に歩く。向き合った。

「残念ながら、こちらの会議ではその件は決済がおりなかったよ。アウト」と言った。

日比野は、目を見開いた。

「アウト？」

「否決さ。そういう事」

「わかってるのか？　1億円だぞ」

「しつこいなあ。そいつは聞き飽《あ》きたよ」

日比野は、視線をそらす。3秒……4秒……5秒……。そして深呼吸。

うちの楽器店をちらりと見て、

「1億あれば、この楽器店も立派に建て替えが出来るだろう……」と言った。

もう少しで〈このぼろい楽器店〉と言いそうだった。僕は微笑し、

「この店は、古いけどなかなか気に入ってるんでね。建て替える気はないなあ……」と言った。

日比野は、メタルフレームの奥から、じっと僕を見ている。

「……じゃ、いったい何が欲しいんだ……」と、うめくように言った。

僕は、肩をすくめた。そして、

「あんたには、言ってもわからないよ」と言った。

そのとき、

「あっ」という声。

近くの釣り船屋〈福若丸《ふくわかまる》〉のおばさんが、柴犬を散歩させている。その柴犬が、片足を上げ、停まっているレクサスのタイヤに小便をかけはじめた。

「こいつ！」と日比野の部下らしい若い男。

「あんた！　こんなでかい車、バス通りに停めとくんじゃないよ！　じゃま、じゃま！」とおばさん。

ふり向いた日比野は、口を半開きにしている。

「その通り。さっさとうせろ」僕は言った。

柴犬は、まだレクサスのタイヤに小便をひっかけている。


♪


深夜の1時過ぎ。店の片隅。

真一は、マイクの調整をしている。僕は、フェンダーの弦を張り替えていた。

「1億円？」と真一。カップヌードルをすする手を止めた。

「ああ、1億出そうと言ってきた……。それも偉そうに」と僕は苦笑い。

「あのICレコーダーの内容は、そこまで重要な……」と真一。

「まあ、そういう事だ。親父と会社にとって、ひどくやばいものだろうな」

「あれが暴露されたら、父さんは罪に問われる？」

「たぶんな……。アメリカ商務副長官との裏取引だからな。しかも、それだけじゃすまない」

「っていうと？」

「今日、会社の役員があのレコーダーを買い取りにきた。という事は、この件は親父さんの独断じゃなく、会社ぐるみだな」

僕は言った。テレキャスターの5弦を張り替える。

「会社ぐるみか……」と真一。僕は、ギターのペグを回しながら、

「もし、この件が暴露されて、親父さんが法廷に立ったら、その事をばらすだろう」

「アメリカ商務省との裏取引？」

「ああ……。親父さんが、自分一人で罪をかぶるはずはない。会社からの指示があった事をばらすさ」

「そうなると？」

「会社そのものが、やばい事になる。上層部の人間が検挙される事になるかもな」

「そっか……」

「もしそんな事になったら、1億2億とか、そんな単位の話じゃすまない。会社が存続できるできないのダメージをうけるかもしれんな」

と僕。4弦を張りはじめた。

「で……哲っちゃんは、どうするつもりなの？」と真一。

「まあ、心配するな。なんといっても、切り札はこっちが握ってるんだから」と僕。

弦を張り替える手を止め、

「親父さんが検挙されるような事になったら嫌か？」と真一に訊いた。彼は5秒ほど考え、

「気にしないよ。あの人は嫌いだから」と言った。僕は、苦笑い。

「嫌うというより、同情してやればいい」

「……………」

「肩書きと金でしか、人やものを測《はか》る事が出来ないんだから」

僕は言った。ＦＭからは、ローリング・ストーンズの〈Time Is On My Side《タイム・イズ・オン・マイ・サイド》〉が流れている。


♪


ギタリストの江本が来たのは、3日後だった。

Gibson《ギブソン》のギター・ケースを手にしていた。

「どうした」と僕。

「売りにきた」と江本。ギター・ケースを開けた。レス・ポール。江本がいつも弾いて

いるやつだ。

「売る？」と僕。

「あの〈ZOO〉と専属契約したんじゃないのか？」と訊いた。

少し前。江本は、〈ブルー・エッジ〉の仕事をすっぽかした。ライバルの〈ZOO〉に金を握らされたのだ。

やつがすっぽかした録音は、僕がピンチヒッターをやった。

そして、江本は〈ZOO〉と専属契約を結んだという。その金で買ったらしい、ピカピカのアメ車を見せびらかしに来たものだった。


♪


「契約書が？」僕は訊き返した。江本はうなずく。

「見事にやられたよ」と言った。

店にいた涼夏も真一も、こっちを見た。

江本は、話しはじめた。〈ZOO〉と契約書をかわした。けれど、

「やたら細かい字が並んでるんで、適当に読んでサインしたのさ」

「そしたら？」

「その契約書の中に、こういう文章があって、お互いのどちらでも1カ月前に通告すれば、この専属契約を解除できると……」と江本。

「やられたな」

「ああ、見事にやられた」

「で、契約を解除されたんだな」と僕。江本は、うなだれた。

「結局、あのとき、〈ブルー・エッジ〉の録音を妨害するために、あんたを金で釣ったんだな」と僕。

「どうやら、そういう事らしい」

「中国資本らしい狡猾《こうかつ》なやり方だな」

僕は言った。そして思い出していた。

少し前、横須賀のホームセンターで、〈シーガル・スタジオ〉のオーナー、野田と立ち話をした。そのとき、野田が言っていた。

江本が、ドブ板通りの店で酔っ払い、店の客を殴ったと……。その理由が、わかった。

「で、このレス・ポールを売りたいと……」と僕。

「あの〈ブルー・エッジ〉の仕事をすっぽかしたんだ。もう、音楽業界で食っていくのは難しいだろうな。それで……」と江本。

「で、これからは？」

「久里浜で実家がラーメン屋をやってるんだ。とりあえず、そこの手伝いでもするよ」

自嘲《じちょう》的に江本は言った。

「じゃ、これをよろしく」とレス・ポールを見た。

「うちは、委託《いたく》販売だぜ。売れたら連絡する。それでいいか？」

言うと江本はうなずいた。

「じゃあ」と言い、店を出て行った。少し背中を丸め、古ぼけたバイクに向かって歩いていく……。


♪

♪

「かなり使い込んでるな」僕は、つぶやいた。

江本のレス・ポールを、店のすみにあるギター・スタンドに置いた。

そこそこのヴィンテージで、かなり弾き込んできたらしく、フレットも減っている。

フレットの打ち替えが必要かもしれない。

「これ、いくらで売るの？」と真一。

僕は、一枚のカードを出した。それにサインペンで走り書き。そして、ギターのネックに貼りつけた。

〈NOT FOR SALE〉

視力の弱い涼夏が、そこに目を近づける。「ノット・フォー・セイル……」とつぶやいた。

26　誰にでも、手放せないものがある

さざ波が、真名瀬の砂浜を洗っている。

僕と涼夏は、バス通りから砂浜におりる石段に腰かけていた。

夕方の5時半。海面が、夏ミカンのような色に染まりはじめている。

「売らないんだ、あのギター……」と涼夏がつぶやいた。僕は、微かにうなずいた。

「あいつ、半ばやけになって売りにきたけど、あれは本心じゃない」と言った。

「本心じゃない？」と涼夏。

「ああ、違うな……」

あの江本が、これからどう生きていくのかは、わからない。

一流のレーベルの仕事ではなくても、スタジオ・ミュージシャンとして、なんとかやっていく。またバンドを組んで、小さなライヴハウスでもいいから演奏をする。

あるいは、実家のラーメン屋を引き継いでいく……。

どんな道を選ぶのかは、わからない。けれど、

「あれだけ弾き込んだギターを、手放すのは無理じゃないかな……」

僕は言った。暮れていく海を眺めた。

「……じゃ、あのギターを取り戻しにくると？」

「たぶん……」僕はうなずいて、

「そう簡単に手放せるものじゃないさ……」とつぶやいた。

「同じギタリストとしてわかる？」と涼夏。僕は水平線を見つめてうなずいた。

「だから、ノット・フォー・セイル？」

「まあ、そんなところだ」

「……やっぱり優しいんだね、哲っちゃん……」

と涼夏。僕の肩にその頭をのせ、体をくっつけた。彼女の体温を感じる。

やがて、二人の顔が近づいていく……。そして唇も……。

そっとキスしようとしたとき、バス通りを歩いてくる海水浴客たちの声が聞こえた。

僕らは、そっと唇を離した。

防波堤の向こうで、裕次郎灯台が点滅しはじめた。頰を撫でる風が、涼しくなってきている。

夏が、ラストスパートにさしかかっていた。


♪


9月の第2水曜。

僕らは、リハーサルのために〈ブルー・エッジ〉のAスタに集合していた。

〈マンハッタン・リバー〉が配信開始され、その再生回数は相変わらず好調。1位を独走しているという。

そこで、東京のキー局からテレビ出演のオファーがきているらしい。

しかも、夕方からはじまるニュース番組の中で、ライヴ映像を流したいという。

「ニュースの中で?」と僕は麻田に訊いた。

「それには理由があってね」と麻田。

最近ヒットしている曲は、小学生や十代の子たちを意識したものが多い。コンピューター技術を駆使した、派手でアップテンポの曲が多い。

そんな中、しっとりとした大人っぽいミディアム・バラードが、配信サービスの再生回数ランキングで1位を走っているのは異例。

それは一つの事件だと、テレビ局サイドはとらえているという。

音楽業界の流れに変化の予兆《よちょう》……。

なので、全国ネットのニュース番組の中でこの曲を流したいという。

どうやら、テレビ局に麻田と意見の合うプロデューサーがいるようだ。

「こちらが狙った通りの展開になったたな」

と麻田。サラリと言った。


♪


10分後。

「お前、タヒチアンだな」

と陽一郎がベースの武史に言った。しばらく沖縄に行っていた武史は、かなり濃く陽灼けしている。

しかも体が太いので、確かに南太平洋から来た人間のようだ。

僕らはジョークをかわしながら、楽器のセッティングをはじめていた。

真一は、2日前にやっと完成した涼夏のためのマイクをスタンドにセットする。

主役の山崎唯は、いまインタビューを受けているらしい。

〈ブルー・エッジ〉の四階には、そういうインタビューや撮影に使うためのフリースペースがあるらしい。

いま、唯はそこで音楽雑誌のインタビューを受けている。

CFのオンエアーと曲の配信サービスがはじまってから、毎日のように唯はメディアからのインタビューを受けているようだ。


♪


僕らが楽器のセッティングを終えた頃、「お待たせ!」と言い、インタビューを終えた唯がスタジオに入ってきた。

僕らとハイタッチをし、涼夏の肩を抱いた。


♪

「じゃ、録ってみるか」と麻田。調整室で卓を操作しているディレクターの吉川明子が、うなずいた。全員の準備完了。

「いつでもオーケイ。よろしくお願いします」という吉川のテキパキした声がスタジオに響いた。

陽一郎がスティックを4拍鳴らしスタートの合図《カウント》を出す。

曲が流れはじめた。

♪

「よし」と麻田。「とりあえず再生してみよう」と言った。

1回目の録音を終えた僕らは、スタジオから調整室に……。

モニター・スピーカーから、曲が流れはじめた。僕らは、リラックスしてそれを聞いていた。

すでに、何百回もやった曲なのだ。

やがて、唯の声に涼夏の歌声がかぶる部分。ディレクターの吉川明子が、じっと集中して聴いている。

そして唯も……。

♪


「ねえ、哲っちゃん」と唯。調整室の片隅で、

「涼ちゃん、最近ボイトレとかうけてる？」と僕に訊いた。ボイトレは、ボイス・トレーニングの略だ。

「いや、全然」と僕。

「でも……いままでと違う……。もともとピッチが高くてすごく澄んだ声なんだけど、その中に芯が感じられてきた……」と唯。

僕は、うなずいた。気づけば、吉川明子も2回ほどうなずいている。

麻田が唯を見た。

「涼夏ちゃんの歌い方は変わっていないよ。変わったのはマイクなんだ」

「……マイク……。でも、あれはノイマンの……」と唯。

麻田は、微笑し、

「ところが、あれはただのノイマンじゃないんだ」

「ただのノイマンじゃない？」と唯。

「ああ」と麻田。そばにいる真一の肩を叩いた。

「この天才少年が、うちの秘密兵器でね」


♪


「へえ……。ノイマンとゼンハイザーを組み合わせて……」と唯。

「そんな事、出来るんだ……」とつぶやいた。

そのとき、

「出来るし、これからも出来るだろう」と麻田が言った。

「これからも？」と唯。

「ああ」と麻田。近くにいる真一を見た。

「いま聞いた唯のヴォーカルなんだが、さらに録音の質を上げる事は可能かな？」と訊いた。

真一は、しばらく考える……。

「唯さんの声だと、いま使ってるノイマンにシュアの部品を組み合わせてもいいかもしれません」と麻田に言った。

麻田がうなずいた。〈Shure《シュア》〉は、アメリカ製だが、世界中で使われている一流のマイクだ。

「シュアか……ありだな」と麻田。

「じゃ、ノイマンとシュアをいくつか用意しよう」と言った。そして、

「これから、唯のファースト・アルバムに向けての仕事がはじまる。そのためには、ベストの状態で臨《のぞ》みたい」

麻田は言い、真一の肩を叩いた。

「よろしく頼む」

♪

5日後。深夜の1時。

真一は、マイクをいじっていた。今日の午後、麻田から届いたノイマンとシュアだ。

届いたシュアは3種類あった。真一は、その一つを分解しはじめていた。

「どうだ、上手くいきそうか？」と僕。

「わからないけど、やってみるよ」真一は、手を動かしはじめた。

♪

僕は、スマートフォンを手にした。真一にも聞こえるように、スピーカーモードにする。

ニューヨークへの国際電話。真一の父親にかけた。

コール音1回ですぐ父親が出た。

「あ……ちょっと待ってくれ」と彼。5、6秒……。また、誰にも聞かれない支店長室にでも入ったようだ。

「……本社の方から、いきさつは聞いたよ」と彼。少し声をひそめている。

「なるほど。それなら、話は早い」と僕。

「……で、君の方は何が欲しいんだ。あのICレコーダーを渡すかわりに……」

「誰も、渡すとは言ってない」と僕。

「……というと……」と彼。かなり緊張した口調だ。

「回りくどい話はやめよう。いまはまだ、あの裏取引の内容を世間に暴露していない。

その代わりに、条件がある」

「条件？……どんな……」

と緊張した声。

27　カエルの子はカエル

「真一に関する事だ」僕は言った。真一本人も、マイクをいじる手を止めて、やりとりを聞いている。

「まず、前提条件として、真一には一切手を出さない。指一本触れない」

「あ、ああ……」

「だいたい、あのＩＣレコーダーを真一はもう持っていないよ。ある銀行の金庫に保管してある」

僕は言った。それは、ハッタリではない。鎌倉にある銀行の貸し金庫に入れてある。


♪

「で、これから言う事をメモできるかな？」

「もちろん」

「真一は、これから自分が望む道を進む事にした」

「……」

「ニューヨークには戻らない。横浜のマンションで暮らし、こっちの高校に通う。その編入手続きに書類が必要なら送るから、署名あるいは捺印して欲しい」

「……ああ……」

「まだ未定だけれど、高校を卒業したら、理工系の大学に通うつもりになっている」

「……理工系？……」

「そう。だから、それら一切に関わる学費、生活費などを負担して欲しい」

「……あ、ああ……」

「まあ、ハーバードに進むと思えば安いものだろうけど」

「……確かに……」

「で、彼が大学を卒業する頃になったら、また相談だな」僕は言った。

「いまの条件を私が呑めば、ＩＣレコーダーの内容は暴露しないと？」

「ああ。百パーセント守ったらの話だけれど」僕は言った。

10秒ほど考え、

「話は、わかった」と彼。「で、この件に関して君からの要求は？」と訊いてきた。

「おれからの要求は、特にないよ」

「ない？　金も？」

「そっちの本社のおっさんが金の交渉にきたが、どんなやりとりをしたか、その経緯《けいい》はもう聞いてるはずだ」

「確かに……。だが、本当にそれだけでいいのか？」

「ああ。ただし、これまで話した真一に関する事を百パーセント守ること。爆弾のスイッチはいつでも押せるのを忘れないように」

僕は言った。

「わかった……。本社と相談しなけりゃいけないので、1週間ほどくれるかな？」と彼。

「本社と相談か」と僕は苦笑い。

「まあ、1週間ぐらいならいいよ」と言った。

「最後に、本人からひとこと」と言いスマートフォンを真一に渡した。真一はそれを持つ。

「よろしく」とだけ、何の感情のこもっていない声で言った。そして通話を切った。

僕と真一は、拳《こぶし》と拳を合わせた。


♪


「父さん、いまの話を守るかなあ……」と真一。

「守らざるを得ないだろう。こっちが爆弾のスイッチを押したら、彼も、下手したら会社も破滅する」

と僕。冷蔵庫から缶ビールを取り出した。

「逆に言えば、こっちとしては、親父さんが破滅するような事になっては欲しくない」

と言い、ビールをひと口……。

「つまり、そんな事になったら、お前の学費や生活費が困った事になるからな」

と言った。そして、真一の肩を叩いた。

「その心配をするより、新しいマイク作りを頑張ってくれ」と言った。

店のオーディオから、ビージーズの曲が低く流れている。

「へえ、ここでライヴを……」

と僕はつぶやいた。


♪


翌週の火曜日。午後6時半。

僕らは、横浜にあるホテルの屋上にいた。

麻田が一人暮らしをしている一流ホテル。その屋上で、暮れていく横浜港を眺めていた。

麻田以外には、僕と涼夏、そして唯だ。

10月の17日。テレビでオンエアーされるライヴは、この屋上でやる事になったという。

夏の間、この屋上はビアレストランとして使われていたらしい。

その営業は終わり、いまはガランとしている。

「私がホテルの支配人と仲がいい事もあり、ホテル側も快くオーケーしてくれたよ」

と麻田。この屋上に特設ステージを作り、そこで僕らが演奏する事になったという。

「ニューヨークを歌った曲には合うロケーションだと思う」

と麻田が言い、唯もうなずいた。

もう9月の後半。だいぶ日が短くなってきている。

空はすでに淡いブルーになり、高層ビルやホテルの明かりがつきはじめている。

そんな高層ビルの明かりが、港の水面《みなも》に揺れている。

「マンハッタンの黄昏にイメージが近いわ」と唯がつぶやいた。そして、港を眺めている……。

そのときだった。

「あ……」と涼夏がつぶやいた。そして、

「哲っちゃん」と小声で僕を呼んだ。


♪


「内緒話《ないしょばなし》は、よくないな」と麻田が微笑しながら言った。

僕と涼夏が、少し離れたところで小声で話していたからだ。やがて、僕と涼夏はお互いの目を見てうなずいた。

「あの、麻田さん……」と涼夏が口を開いた。

「何かな？」

「あの……ディレクターの吉川明子さん……」

「ああ、吉川君か」

「あの人の声って、どこかで聞いた事があるような気がして……。というか、誰かの声と似てるような気がしてたんですけど……」と涼夏。

「それが、いま、わかったのかな？」と麻田。涼夏は、はっきりとうなずいた。

「さすがにすごく鋭い聴覚だね」と麻田。苦笑いし、

「その声が似ている誰かとは、たぶん私の事だね」と麻田。

涼夏がうなずいた。

「……君が予想した通り。彼女は私の娘だよ」麻田が言った。


♪


「やっぱり……」と涼夏。

麻田は、微笑したままうなずいた。唯は、さすがに驚いた顔をしている。

「親子の声に共通点があるのは、よくある事だな……」と麻田。

僕は、うなずいた。さらに、麻田と吉川明子の顔立ち、特に人をまっすぐに見る眼差しはよく似ていた。

♪


大型の客船が海面を動いていく。

「私が離婚したのは、以前話したよね」と麻田。

僕らは、うなずいた。それを聞いたのも、確かこのホテルだった。

麻田は、暮れていく海を見つめている。

「カエルの子はカエルというか、明子は子供の頃から、どこより録音スタジオが好きだった……」と口を開いた。

「いつも、スタジオや調整室で仕事をしている私たちを、隅で見ていた」と過ぎた日のページをめくっている。

港から吹く風が彼のネクタイを揺らした。

「高校2年の頃には、明子はこの仕事に入る決意を固めていたようだ」

「……で、ロンドンへ？」と僕。

「ああ。高校を卒業すると、青端さんがよく知っている録音スタジオに見習いで入った。そして4年間、ディレクターとしての技術と感性を身につけてきた」

「で、〈ブルー・エッジ〉に入社したの?」唯が訊いた。

麻田はうなずく。

「正式な入社試験を受け、だんトツの成績で突破したよ」と言った。

「すでに、苗字は吉川に?」僕が訊いた。

「ああ、明子がロンドンにいるときに私は離婚し、明子は別れた妻の籍に入っていた。だから、あの子は吉川明子として入社したんだ」

「その事を社内で知っているのは?」と唯。

「二人だけだ。青端さんと、人事部長さ」と麻田。軽く苦笑い。

「そしていま、君たち3人が知ったわけだけどね」と言った。

僕はうなずき、「ほかには漏らさないよ」と言った。麻田はうなずき、

「そうしてもらえると、ありがたい。娘とはいえ、仕事場では、ただのプロデューサーとディレクターの関係だからね」と言った。

僕は、淡々としたその言葉の中に、かすかにひんやりとした翳《かげ》り、マイナー・セヴン

ス・コードを弾いたような響きを感じていた。無言で、港の海面に揺れる高層ホテルの明かりを見つめていた……。

♪


電話がきたのは、夜中近い11時半だった。

一階の店では、真一がマイクをいじっていた。唯のために、シュアのマイクを分解していた。

僕のスマートフォンに着信。ニューヨークからだ。僕はスピーカー・モードにした。

「私だが」と真一の親父。

「で？」と言った。

「例の件だが、本社の上の方とも相談した結果、君が出した条件を呑む事にしたよ」

「了解」と僕。予想通りの答えだった。

「そして、くれぐれも、変な小細工はしない方がいい。録音のコピーなんて何本でも取れる事を忘れないように」

「……わかった……」

「真一の高校編入に関して、必要な事がいろいろあるはずだから、また連絡する」

それだけ言い、通話を終えた。

真一は、マイクを分解する手を止め聞いていた。

「とりあえず、話はついた」僕は真一に言い、

「これから、よけいな事は考えず、かっこいい一流のレコーディング・エンジニアをめざすんだな」と肩を叩いた。


♪


「かっこよさ？」と僕は訊き返した。真一は、うなずく。

「かっこいい男になるって、どうしたらいいのかなあ……。たとえば哲っちゃんみたいに……」

28　答えは、いつも風の中

「おれが、かっこいい？」と僕は苦笑いした。

「小学生だった頃から哲っちゃんを見てて、かっこいいと思ってたよ」

「ギターの腕前が？」

「それもあるけど、なんていうか、背筋がきちんと伸びてて……」と真一。「あの麻田さんや、コマーシャル・ディレクターの……」

「流葉？」

「ああ……。あの人たちにも、同じような事を感じるんだけど、それって……」と真一。

そこで、言葉を呑み込んだ。

16歳の男の子として、自分が走っていく方向を模索《もさく》しているのだろうか……。

広い海をいく船が、灯台の位置を見きわめるように……。

♪


僕は、ジン・トニックを作り、ゆっくりと口をつけた。

しばらく考える……。そして、

「これだけは、言えるかもしれないな」

真一が僕を見た。

「自分がやっている事に納得できているかどうか……」僕は言った。

「自分で納得できている？」と真一。

「そう。成功しようと失敗しようと、まわりに何と言われようと、自分がやる事に納得できているかどうか。それはかなり大切かもしれないな」

真一は、ゆっくりとうなずいた。

「そっか……」とつぶやいた。六角レンチを手に、じっと何か考えている……。

夜がふけていく。僕のグラスで、溶けかけた氷が小さな音をたてた。微かな波音が、砂浜から届いていた。

♪


「準備オーケイ！」と陽一郎。車の後部ドアを閉めた。

10月17日。昼過ぎ。

ワンボックス・カーに、楽器の積み込みが終わった。

テレビ番組でライヴをやる当日だった。

生演奏のオンエアーは午後6時40分から。夕方にはじまるニュース番組の後半に予定されている。

けれど、現場でのリハーサルは午後2時からだという。

さすがに全国ネットの番組らしく、ホテル屋上での準備は3日前からはじまっているらしい。

「じゃ、いくか」僕は車のエンジンをかけた。

助手席には涼夏。後ろのシートには陽一郎と真一が乗っている。

〈臨時休業〉とプレートが出ている店の前から、ワンボックス・カーはバス通りへ……。

♪


「あ……」と涼夏がつぶやいた。

助手席から窓の外を見ている。

車は、葉山の海岸通りを走っていた。けれど、路線バスが客の乗り降りのため、停まっている。僕らの車は、そのバスの後ろに停まった。

そのときだった。涼夏が、〈あ……〉とつぶやいたのだ。

ステアリングを握っている僕は、

「どうした？」と涼夏に訊いた。

「シナボンの声が聞こえる」と涼夏。

半分下ろしてある車の窓から、海岸通りを見ている。

海岸通りに一軒のカフェがあった。森戸海岸を眺められる店だ。

そのテーブルにいるのは、確かにシナボンだった。

そして、同じテーブルにいるのは、シナボンの親父さんだった……。

二人は、何か話している。笑い合ってはいないが、穏やかな横顔を見せている。

涼夏の敏感な耳が、シナボンの声を聞き分けたらしい。

涼夏は、さらにじっと見ている。その視力でもカフェにいるのがシナボンだとわかったようだ。

「シナボンと話しているのって誰？」涼夏が、ガラスを半分下ろした車の窓ガラスから、じっと二人を見ている。

「シナボンの親父さんだよ」僕は言った。

森戸の砂浜を眺め、淡々と何か話している二人の肩に、淡い秋の陽が射している。

「ほう……」と陽一郎。「……あの二人、和解するのかな？」とつぶやき、彼らを見ている。

「さあ……どうだろう……」と僕。

そのとき、バスが動きはじめた。僕は、車のアクセルを踏んだ。

シナボンと親父さんの姿は、ゆっくりと遠ざかり、ミラーから消えた。


♪

ふと見れば、涼夏が何か考えている……。やがて、

「親子って何だろう……」とつぶやいた。

自分や真一と、ニューヨークにいる父親のような関係……。

一度は違う人生を歩きはじめたが、いま再び向き合おうとしているらしいシナボンと親父さん……。

「ほんと、親子って、なんなんだろう……」と涼夏がつぶやいた。

そのとき、後ろのシートから口笛が聞こえた。陽一郎が、B《ボブ》・ディランの〈風に吹かれて〉を口笛で吹いている。

〈答えは風の中さ〉と言いたいのだろうか……。

車は、高速道路のインターチェンジに近づいていた。


♪


午後4時過ぎの横浜。リハーサルの最中……。

かなり広いホテルの屋上。その一角に、アクリルのような板が敷きつめられ、僕らが演奏する低いステージが出来ていた。

あたりでは30人ほどのスタッフたちがテキパキと動き回っていた。

テレビ局のスタッフ。そして〈ブルー・エッジ〉のスタッフたち……。

麻田はもちろん、吉川明子も仕事をしている。

ステージ中央には、Roland《ローランド》の電子ピアノ。そこに唯がいた。

僕らは、軽く3回ほど演奏をしたところだった。


♪


「あの……」とテレビ局のAD《アシスタント・ディレクター》がピアノを前にしている唯のところに行く。

「曲が2コーラス目に入ったところから、3カメが唯さんのアップを撮りますから、そっちを見て歌って欲しいんです」

と説明し、3台あるカメラの1台を指差した。唯はうなずく。慣れた口調で、

「2コーラス目から、3カメに目線ね」と言った。

そのときだった。

麻田と親しげに立ち話をしていたスーツ姿の男が、そっちに歩く。

どうやらテレビ局のプロデューサーらしい。若いADに向かって苦笑いし、

「彼女、あの山崎唯なんだぜ」と言った。言われたADは、「あ、そうでしたね」と言

い頭をかいた。

唯は、十代の頃からアイドルとして毎週のようにテレビに出ていた。

テレビ現場の手はずや段取りには、慣れていて当然だ。

それと同時に、僕は思った。ADの人にとっても、アイドル時代の山崎ゆいと、大人になったいまの山崎唯が結びついていない。

まるで別人のように思えるという事なのだろう。


♪


「ああ……懐かしいなあ……」と唯。ピアノの前から立ち上がり、つぶやいた。

「テレビの現場が?」と僕。

彼女はうなずいた。そして、働いているスタッフたちを眺めた。

「あの頃、アイドル・シンガーをやってた経験って、それなりに貴重だったのかな……」と唯。

「度胸とか慣れとか?」と僕。彼女はうなずいた。

「そうね。大人たちの中で仕事をしてきた事で、どこでも物おじしなくなったかも

「……」とつぶやいた。そのとき、

「あと15分で、ランスルーです！」というADの声が現場に響いた。

ランスルーは、本番そのままの手順でやるリハーサル。現場の緊張が高まっていく。

♪

「はい！　ランスルー、オーケイです」とADの声。僕は、ギター・アンプをOFFにした。

そのときだった。

「あの、麻田さん」と卓についている吉川明子が麻田に声をかけた。

「涼夏さんの声、マイクが変わったんで声がさらに透明になって……。だから、残響《サステイーン》をもう少し伸ばしてもいいと思うんですが」

と言った。麻田にヘッドフォンを差し出した。

麻田がヘッドフォンを耳に当てて聴いている。やがて、うなずいた。

「そうだな。いいかもしれない」と言った。

麻田と吉川明子は、演奏の音質について、さらに細かい打ち合わせをしている。お互い、〈麻田さん〉〈吉川君〉と呼び合いながら……。

僕は、そんな二人の姿をじっと見ていた。この親子二人のいく先は……。

ふと、誰かが口笛で吹く〈風に吹かれて〉が聞こえてきたような気がした。

♪

「こいつ、少し色を白くしてくれません？　日本人に見えないんで」と陽一郎。笑いながら、ヘア・メイクの人に言った。武史の顔にメイクをしてる最中だった。

若い女性のメイクさんは、苦笑い。

「確かに、よく灼けてますね」と言った。

ホテルの最上階は、テレビ局が貸し切りにしているらしい。出演者の控え室もそこにあった。

僕らバンド・メンバーの控え室は、かなり広い部屋だった。

「これ以上白くするのは無理ですね」とメイクさん。武史の顔にメイクをしながら笑った。

「そこをなんとか」と陽一郎。わざとちゃかした。

僕は、笑いながら控え室を出た。

涼夏の様子が気になっていた。生まれて初めてのテレビ出演。しかも全国ネットの番組に出るのだから、緊張していないだろうか……。

隣りの部屋が、涼夏の控え室だった。

「牧野涼夏様・控え室」という紙がドアに貼ってある。

ドアは少し開いていた。僕はそのドアを開けようとした。そのとき、中から真一の声が聞こえた。

僕は、部屋の外で立ち止まった。

29　カンニング・ペーパーに愛をこめて

「……姉ちゃん、これだけは謝っておきたいんだ」と真一の声。

「謝る？」と涼夏の声。

「姉ちゃんが落雷に遭って入院したとき」

「ああ……」

「母さんとぼくは、まだ眼に包帯をして入院してる姉ちゃんを置いてニューヨークに出発した……」

「そうね」

「あれは、許される事じゃないと思う。ぼくが、母さんに言うべきだった。少なくとも、出発をのばそうと……」と真一。

「でもぼくはそれを母さんに言えなかった。というのも自分の中に迷いがあったから」

「迷い？」

「ああ……。正直、ニューヨーク暮らしに期待してた気持ちがあって、それと姉ちゃんの事がごちゃ混ぜになって迷ってた。だから、母さんにきっぱりと言えなかったんだ。出発をのばそうと」と真一。

「……卑怯者《ひきょうもの》だったんだ、あのときのぼくは……」と言い、さらに、

「その事は、はっきりと謝っておかなきゃならない。……姉ちゃんが許してくれるかどうかはともかく……」

「………」

「もし万一、姉ちゃんがあのときのぼくを許してくれるなら、それで、また前に進める気がして……」と言い、言葉をつまらせた。

僕はふと思った。真一が、ニューヨークから帰国した。その理由の一つは、この事ではなかったのか……。涼夏に謝罪するためではなかったのか……。

やがて、「わかったわ……」という涼夏の声。

「きちんと考えておくね」と言った。

そのとき、メイクさんが廊下を歩いてくるのが見えた。僕は部屋の中に声をかけた。

「そろそろ本番用のメイクだぜ」と言い、ドアを開けた。メイクさんが部屋に入る。

「よろしくね」と涼夏に笑顔を見せた。そして、

「涼夏ちゃんは若くて肌がすごく綺麗だから、ノーメイクに近い感じがいいわよね」と言った。涼夏を鏡の前に座らせ、プロの手つきで仕事をはじめた。


♪


「あと7分で本番です！」というADの声。

東京のスタジオでは、とっくにニュース番組がはじまっている。その映像は、すぐ近くにあるモニター画面に映っている。

進行しているアナウンサーたちの声も聞こえている。

僕らが演奏をはじめるまであと7分ほど……。

僕らは、位置についた。センターに置かれたピアノには、もちろん唯。

その斜め後ろに涼夏。

その涼夏と並ぶように僕が立った。〈ミチオ・モデル〉のギターを肩にかけた。スイッチ、ON。

ベースの武史とドラムスの陽一郎はその後ろだ。そんな僕らの背後には、横浜の夜景が広がっている。

♪


「本番4分前」と僕らのすぐ前にいるAD。

モニター画面のイブニング・ニュースではアナウンサーが話しはじめた。

「ところで、みなさん、彼女を覚えていますよね」と女性のアナウンサー。

すると映像が流れはじめた。アイドル時代の唯が歌っている映像だ。

可愛らしい16歳ほどの唯が、はじけるような笑顔で歌っている。

「そう、山崎唯さん。当時は国民的なアイドルでした」

とアナウンサーが紹介する。この手順は、とっくに決まっていた。

僕らは、演奏のスタンバイをしたまま、モニター画面を見ていた。

「そんな山崎唯さんですが、高校卒業と同時に、芸能界からも卒業。そして、アメリカに留学したんですね」とアナウンサー。

「ニューヨークのジュリアード音楽院で4年間の勉強をした唯さんは、23歳のいま、大人のシンガー・ソングライターとして再デビューをはたしました」

そこで、男性アナウンサーがひきついだ。

「8月の末にリリースされた唯さんの〈マンハッタン・リバー〉は、現在、音楽配信サービスの再生回数で1位を走っています」

「すごいですね」と女性アナ。

「大人っぽいバラードが再生回数のトップにいるというのは、最近では異例の事で、音楽業界でもすごく話題になっているようです」

「なるほど……。それでは、とにかく聴いていただきましょうか」

「はい、今日は特別に、マンハッタンを思わせる横浜みなとみらいの夜景をバックに、生中継でお送りしたいと思います」そんな、アナウンサー同士のやりとり。

「では、山崎唯さんで〈マンハッタン・リバー〉、お聴きください」

僕らのすぐ前にいるADが、〈どうぞ〉という動作でキューを出した。

モニター画面が、スタジオから僕らの映像に切り替わった。

陽一郎が4拍スティックを鳴らし、曲のイントロがゆったりと流れはじめた。

♪


イントロが流れ過ぎ、唯がピアノを弾きながら歌いはじめた。

ほんの少しハスキーだが、豊かな音量のヴォーカルが……。

Ｃ……C_7……Ｆ……。

涼夏は、僕のすぐ隣りで、ゆっくりとリズムに合わせて体を揺らしている。

僕らのすぐ前には、ＡＤがいて、カンペ用のスケッチブックと太いサインペンを持っている。

〈カンペ〉は、〈カンニング・ペーパー〉を略したテレビ局の用語だ。

生放送の間に、ＡＤから出演者に伝える指示を走り書きして見せる。

ときには、台詞《せりふ》や歌詞が書かれる事もあるという。なので〈カンニング・ペーパー〉と呼ばれているのだろう。

いまも、そのカンペを持ったＡＤが、僕らの真ん前にかがみこんでいる。

その隣りには、真一がいた。

真剣な表情で僕らを見ている。というより、涼夏を見ているらしい。

涼夏は、ふと何か物思いにふけるように唯の歌を聴いている。

やがて、曲が2コーラス目に入る。

リハーサル通り、3カメが唯のアップを撮りはじめた。モニター画面にも、それが映っている。カメラは唯を撮り続けている……。

3小節が過ぎたときだった。しばらくうつ向いていた涼夏が顔を上げ、真一を見た。

そして、じっと見ている。

〈あの事だけどね〉という何かを伝える表情で……。

それを見た真一が、そばにいるADに仕草で何か示している。

どうやら、〈カンペを貸してくれ〉と……。

さすがの僕も、〈え……〉と思った。真一のやつ、何をやる気で……。


♪


ADは、ポカンとした表情。真一は、そんなADから、半ば無理やりカンペとサインペンをもぎ取った。そして、スケッチブックのカンペに何か走り書きしている。

書き終わると、それを涼夏に向けて見せた。

そこには、太い黒のサインペンで、大きく書かれていた。

〈ゆるして、くれるの？〉

それは、涼夏の視力でも充分に読める大きさの字だった。

2秒……3秒……4秒……5秒……6秒……。

やがて、涼夏は真一に微笑し、うなずいた。はっきりとうなずいた。

そして、ほんの一瞬、両手で小さなハートを作ってみせた。誰にも気づかれないように……。

……真一の眼が赤く潤《うる》み、涙が頬をつたいはじめた……。

カンペを胸に抱きしめ、真一は、唇をきつく結んでいる。流れる涙を拭おうともしなかった。

やがて、唯が曲の2コーラス目を歌い終わり、サビに入っていく……。

テレビの映像もステージ全体に切り替わった。

僕らの後ろでは、横浜の高層ホテルやビルの灯《あか》りがまたたき、港の水面に揺れていた。

人には、勇気をふるって、目の前にある河を渡らなければならない時がある……。

そして、いま一人の少年が、そんな河を渡ったのかもしれない。

〈お前も、これで、また前に進めるな……〉

そんな思いをこめて、僕は真一を見つめ、ギターの弦を弾く。

F……G……G_7……。

サビに入り、〈マンハッタン・リバー〉が盛り上がっていく。

サビの最後、涼夏が〈フォエバー〉と歌った。

〈永遠に……〉と彼女の透明な声が響いた。

横浜の港から吹いてくる海風が、唯が着ているシャツの襟《えり》を、涼夏の柔らかい髪を、ふわりと揺らしている。

あと4日で、真一は17歳になろうとしていた。

あとがき

あれは、かなり前になる。

僕らは、ファン・クラブのためのコンサート・イベントをやろうとしていた。

会場は横浜ベイホール。本格的なコンサート・ホールだった。

僕らのバンド〈キー・ウエスト・ポイント〉は夕方から演奏する予定になっていたので、午後3時頃からステージでリハーサルをやっていた。やがて、プロのエンジニアによるサウンド・チェック……。

僕が叩くスネア・ドラムを聴いたエンジニアがふとこっちを見た。

僕のドラムセットの中心には、ちょっと変わったスネア・ドラムがある。

この小説で陽一郎が使っているのと同じドイツ製の〈SONOR《ソナー》〉。

その中でも、僕が使っているのは、少し特殊だった。普通、スネア・ドラムの直径は

14インチなのだが、僕が使っているのは12インチ。無理を言い輸入したものだ。アタックの強い音が出るが、へたをすると金属的な音になってしまう。

コンサート・エンジニアは音響をコントロールするブースからはなれ、僕のところに来た。中年だが、背筋が伸び、まっすぐに相手を見る男だった。

僕が叩くスネアの出音をそばで聴き、やがてうなずいた。そして、そのスネアの音をひろうマイクを次々と交換していった……。

7個目のマイクで、やっと彼は納得した顔でうなずいた。そして、PA装置から張りのあるいい音が流れはじめた。

やがて、コンサートは無事に終わった。僕は、ゆっくりとステージからおりてエンジニアの彼と握手をした。言葉はいらない。お互いの目を見て、短く固い握手をした。

〈いい仕事だった……〉

〈まあな……〉

そんなところだろうか。

人生の中で何千回となく握手をするだろうが、その握手は永く記憶に残るものだった。

『A_7』からはじまったこのシリーズも、5作目。

今回は、レコーディング・エンジニアを目指す少年が物語の軸になる。

少年の名前は真一。涼夏の弟だ。

その真一が、自分の〈ウェイ・オブ・ライフ〉をどのように探すのか……。

哲也や流葉が、そこにどうからむのか……。

あとがきから読む読者のために、これ以上は書かないけれど、真一が、あの横浜ベイホールで僕と握手したような一流のエンジニアになる事を祈りながら、僕は今回のストーリーを書き終えた。

一人の少年の成長物語であり、同時に、姉と弟の絆《きずな》を描いたつもりだ。

さらには、人が生きる上で失くしてはいけない何かについて、感じとってもらえたら嬉しい。


このシリーズは、光文社文庫の園原行貴さんと藤野哲雄さんとのトリオでスタートしたのだけれど、園原さんの異動によって藤野さんとのダブルスで頑張ってきています。

お二方には、ここで感謝したいと思います。
この一冊を手にしてくれたすべての読者の方には、サンキュー。また会えるときまで、少しだけグッドバイです。

春の海風が吹きはじめた葉山で　　喜多嶋隆

★お知らせ

僕の作家キャリアも40年をこえ、数年前には出版部数が累計500万部を突破することができました。そんなこともあり、この10年ほど、〈作家になりたい〉〈一生に一冊でも本を出したい〉という方からの相談がきたり、書いた原稿を送られてくることが増えました。

その数があまりに多いので、それぞれに対応できません。が、そのことが気にかかっていました。そんなとき、ある人から〈それなら、文章教室をやってみてもいいのでは〉と言われ、なるほどと思いました。少し考えましたが、ものを書きたい方々のためになるならと思い、FC会員でなくても、つまり誰でも参加できる〈もの書き講座〉をやってみる決心をしたので、お知らせします。

講座がはじまって約7年になりますが、大手出版社から本が刊行され話題になっている受講生の方もいます。作品コンテストで受賞した方も複数います。

なごやかな雰囲気でやっていますから、気軽にのぞいてみてください。〈体験受講もあります〉

喜多嶋隆の『もの書き講座』

（主宰）喜多嶋隆ファン・クラブ
（事務局）井上プランニング
（Eメール）monoinfo@i-plan.bz
（FAX）０４２・３９９・３３７０
（電話）０９０・３０４９・０８６７（担当・井上）

※当然ながら、いただいたお名前、ご住所、メールアドレスなどは他の目的には使用いたしません。

光文社文庫

文庫書下ろし

E_7《イーセブン》　しおさい楽《がっ》器《き》店《てん》ストーリー

著　者　喜《き》多《た》嶋《じま》　隆《たかし》

2024年4月20日　初版1刷発行

発行者　三　宅　貴　久
印　刷　新　藤　慶　昌　堂
製　本　ナショナル製本

発行所　株式会社　光　文　社
〒112-8011　東京都文京区音羽1-16-6
電話（03）5395-8147　編　集　部
8116　書籍販売部
8125　制　作　部

落丁本・乱丁本は制作部にご連絡くだされば、お取替えいたします。
ISBN978-4-334-10274-6　Printed in Japan

組版　萩原印刷

光文社文庫最新刊

選ばれない人	安藤祐介
身の上話　新装版	佐藤正午
夢の王国　彼方の楽園　マッサゲタイの戦女王	篠原悠希
Jミステリー2024　SPRING	光文社文庫編集部・編
大名強奪　日暮左近事件帖	藤井邦夫
意趣　惣目付臨検仕《つかまつ》る㈥	上田秀人